날이 좋아요, ──

── 차를 마셔요

날이 좋아요, ——————— 차를 마셔요

차를 좋아하게 될 당신에게

요즘다인 지음

청림Life

차 마시는 사람이 되고 싶었어요

"와, 진짜로 이런 데 찻집이 있는 거야?"

서울의 어느 골목. 골목에서 골목으로, 복잡한 주택가에 갑자기 나타나는 대각선 길. 언덕, 곳곳에 주차된 자동차들…. 핸드폰으로 보는 지도하나에 의지해 길을 가면서도 의문이 들 만큼 꼬불꼬불, 이상한 곳으로들어가고 있는 8월이었습니다. 햇살은 내리쬐고, 낯선 파스타 가게며 편집 숍들이 옆으로 스쳐 지나가는, 그야말로 찻집 등반의 길. 제가 여름 날씨를 좋아하는 편이긴 하지만 정말로 더웠습니다. 그러다가 저 대각선 길끄트머리에 보이는 벽돌로 된 기둥, 유리 벽…. 앗, 벽에 무언가 써있는것 같기도!

버스에서 내려 10여 분을 더 걸은 끝에 저는 드디어 시원한 에어컨 바람이 나오는 찻집에 도착했습니다. 햇살이 강한 여름날이면 10여 분의 시간도 족히 30분은 되는 것 같습니다. 저는 찻집 문턱을 넘어서며 휴 하고 안도의 한숨을 내쉬었지요. 가방을 내려놓고 조금 정신을 차리고 둘러보니 나무로 내장한 따뜻한 색깔의 벽과 이곳저곳 앤티크 소품들이 놓여있는 인테리어, 한 켠에 꽂혀있는 꽃다발이 눈에 들어옵니다. 아직까지 주문은 생각도 못 하고 숨만 돌리고 있을 때, 메뉴판과 함께 내어주신 유리잔에는 파아란 녹차가 얼음과 함께 찰랑찰랑. 찻집에서 손님을 맞이한다는 의미로 내는 웰컴 티가 더욱 반가운 순간입니다.

그러면 이제 메뉴를 살펴볼까요. 새 가게에 오면 두근두근거리는 것이 이제부터입니다. 가게마다 새로운 차를 마셔보는 것은 물론, 메뉴 구성은 어떻게 되어있는지, 메뉴판의 디자인은 어떤지, 판매하는 차들은 어떻고 분류는 어떻게 해놓았는지 등등 주문하기 전에도 이미 새롭게 궁금한 것들이 한가득이거든요.

오늘은 이 가게에서 유명하다는 다즐링을 주문하기로 합니다. 다즐링 전문 찻집이라는 말이 허투루 붙은 것이 아닌 듯 다즐링만 해도 다섯 종류가 넘는 차들이 있어서, 일단 가장 관심이 가는 하나를 시키고 그 뒤에 몇 가지를 더 시킬 생각을 하고 있지요. 느긋하게 찻집 내부를 감상하며 앉아있자 곧 차가 나옵니다. 차를 내어주시는 모습부터 찻잔 종류와 곁들여 주시는 간식을 구석구석 들여다봅니다. 사진도 찍고, 친구들에게 실시간 중계도 하고, 한바탕 난리를 치다가 드디어 한 모금. 이내 입 안에 퍼지는 맛을 느끼고 있으면, 티 테이블 끝에는 햇살이 내리쬐고, 문득 이 찻집까지 걸어 온 길을 다시 돌아보게 됩니다.

창밖으로 보이는 꼬불꼬불 대각선으로 난 아스팔트 길. 여름날 오후의 주변은 주택가가 대부분이라 조용하고, 가로변에 세워진 차들도 움직일 기색 없이 고요함에 잠겨있습니다. 가끔씩 날아다니는 새들 정도가 이 풍경에 생동감을 더해준다고 할까요? 그런 길을 보고 있자면 이 가게의 산뜻함과 새로운 차, 그러나 익숙한 차 마시는 분위기가 바깥 정경과 어우러져 상념에 빠지게 됩니다.

세계에서도 손꼽히는 대도시 서울. 집과 직장, 친구가 사는 곳 정도가 아니면 사실은 그렇게 다녀볼 일도 없는 도시의 골목 구석구석. 이 길은 방송에 나온 유명한 핫플레이스도 아니고, 관광지로 이름난 동네도 아닙니다. 우리가 살면서 그런 모르는 골목을 굳이 가서 걸어 다닐 일이 얼마나 있을까요?

저는 오늘 단지 이 차를 마시기 위해 이 길을 걸었습니다. 그러면서 익숙한 곳이 아닌 색다른 분위기의 골목, 모르는 동네에서 우연히 마주치는 공원을 지났습니다. 찻집을 나와서는 여기까지 오지 않았으면 몰랐을 가게에 들러 구경을 하거나 근처 새로운 식당에도 호기롭게 도전해 보겠지요. 찻집 하나를 찾아가는 것일 뿐인데도 마치 여행지를 쏘다니는 것 같은 신선함을 느낄 수 있습니다.

차를 마신다는 것은, 차를 마시는 사람이 된다는 것은 생각보다도 재미있고, 흥미롭고, 일상에 이야깃거리를 듬뿍 더해주는 일이었습니다. 새로운 세계를 알게 되고, 남들이 듣기에도 깜짝 놀랄 만큼 진기한 에피소드로 나날을 채워가는 것이기도 했습니다. 이만하면 차를 마시는 일에 꽤나 흥미가 생길 법도 하지요. 그런데, 그런 차 마시는 사람이 되려면 어떻게 해야 하는 걸까요?

이 책에서는 차에 관한 지식이 아니라 차 마시는 일에 섞여들 수 있는 재미있는 이야기들을 듬뿍 늘어놓을 예정이지만, 그 전에 먼저 모든 것의 시작으로 돌아가 보려고 합니다. 그래서 한때 차에 문외한이었던 제가, 어떻게 '차를 마시는 사람'으로 자연스럽게 변신하게 되었는지 이야기해 보려고 해요.

시작은 '차를 마시는 사람이 되고 싶어!'였습니다. 그때 제 머릿속에 있던 '차 마시는 사람'은 보통 사람들이 떠올리는 이미지와 그렇게 다르지 않았습니다. 차에 대해서 잘 알고, 차를 마시는 시간의 여유를 즐길 줄 아는 사람. 그리고 제 마음속에 있던 무엇보다 선명한 이미지는 바로 '차가 가득한 찻장'이었습니다. 차에 대해서 잘 모르던 제가 생각하기에 차를 마시는 사람은, 마치 찻집에 진열된 것처럼 자기가 좋아하는 차로 가득한 찻장을 가지고 있습니다.

차를 마시는 사람은 세계 각국 다양한 곳에서 좋아하는 차를 사다가 눈높이에 맞는 커다란 나무 장에 채우고, 햇볕이 아름답게 드는 낮이면 그 알록달록한 찻장 앞에 서서 '오늘은 어떤 차가 어울릴까?' 고민합니다. '이런 날씨, 이런 기분, 이런 느낌. 그렇다면 오늘은 이 차다!' 정하고는, 틴을 꺼내놓고 먼저 물 끓이기부터. 주전자는 보글보글 소리를 내며 끓고, 능숙한 손끝에서 차가 우러나면 꼭 생각한 대로의 좋은 향기가 피어오릅니다.

제가 가지고 있던 차 마시는 사람에 대한 이미지는 대략 이랬습니다. 잘 보면 이 사람에게 필요한 것은 차와 차를 아는 일만이 아닙니다. 차로만 가득 채울 수 있는 커다란 나무 장이 있어야 하고, 그런 나무 장을 설치할 수 있는 채광 좋은 집도 필요하고, 햇볕이 아름다운 낮 모아놓은 차 컬렉션을 느긋하게 바라보면서 무슨 차를 마실까 고민할 수 있는 시간적 여유도 필요합니다. 갖고 싶은 게 한둘이 아니었던 것이지요. 이런 이미지는 꼭 동화책 속에 나올 것 같은 유유자적한 삶이었고, 저는 '차 마시는 사람'이 된다면 막연히 이 모든 것을 가질 수 있을 것 같아서 차를 마시자고 마음속으로 결정했습니다. 마치 신데렐라의 유리 구두와 화려한 성의 무도회를 꿈꾸는 어린 시절의 꿈처럼 말이지요.

그렇게 차를 마시자고 결정하고, 일단 인터넷 사이트에서 홍차 파는 가게를 검색했습니다. 제가 무슨 차를 좋아할지 모르니까 다양한 차를 맛볼 수 있다는 20종짜리 샘플러를 샀지요. 그러고는 집에서 어떻게든, 딸려온 설명서에 따라 차를 우려보면서 그 맛을 몽땅 노트에 기록했습니다. 금박에 양장으로 제본된 아주 예쁜, 차 전용으로 장만한 노트였어요. 그러면서 티 룸이라는 것이 어디 있다는 소문을 들으면 찾아가 보고, 인터넷 차 커뮤니티도 기웃기웃 구경해 보면서 살았지요. 실은, 단지 차를 위한 카페나 사이트가 있다는 것도 차를 막 마시기 시작한 제게는 새로운 사실이었습니다.

차를 마시는 사람이 된다는 것은 별것이 아닙니다. 그냥 그런 시간들이 쌓이고 쌓이면 모르던 것이 익숙하게 되고, 아리송하던 것들이 눈에 익은 말들로 들어오기 시작합니다. 저는 처음에 초콜릿 향과 바닐라 향도 구분하지 못한 채로 포장지에 초콜릿이라고 써있으면 이건 초콜릿 향, 바닐라라고 써있으면 바닐라 향이라고 노트에 받아쓰기를 하던 사람이었습니다. 그런 시간들이 계속 지나가자 마셔본 티백이 브랜드별로 수십 종씩 쌓이게 되었지요. 초콜릿과 바닐라를 드디어 구분할 수 있게 된 것은 물론입니다.

서양 홍차를 그렇게 시작하고서, '중국차를 마시기 시작하면 돈이 엄청나게 깨진다더라' 하는 소문에 겁을 먹어서 새로운 차의 세계를 탐방하기는 주저하고 있었습니다. 하지만 그러다가 어느 날 들러본 친절한 가게의 안내를 받아 다양한 중국차의 세계도 체험하게 되었지요. 그렇게 하다 보니 또 차를 마시는 친구들이 주변에 생기고, 마치 빗물이 땅에 스며드는 것처럼 어느새…. 아차, 여기서는 다른 비유를 해볼까요. 마른 찻잎에 물이 스며들어서 통통하게 변하는 것처럼 차를 마시는 생활은 시간과 함께 자연스레, 부드럽게 그 멋진 모습을 부풀려 가게 되었습니다.

그렇게 몇 년이 지나자 저는 차 마시는 사람이 되어있었습니다. 자, 차 마시는 사람이 되어서 자신을 한번 돌아봅니다. 저는 지금 처음에 꿈꾸던 대로 채광 좋은 집과 차로만 채운 찻장과 차 만들기 전용 테이블과 차를 마실 공간을 다 갖고 있을까요?

답은 '아닙니다'예요. 제가 차를 마시고 싶어 한 시절은 대학을 갓 들어간 시점이었으니 만약 제가 5년 만에 자수성가해서 집과 취미 생활을 위한 장비까지 모두 갖추고 있다면, 저는 아마도 '필승! 20대에 성공하는 투자 비법' 같은 책을 쓰고 있었을 테니까요. 그럼에도 불구하고 차 마시는 사람의 꿈을 이루었느냐고 하면 저는 그렇다고 대답하겠습니다. 무엇보다 지금 차를 마시고 있으니까요.

저는 지금 벽면을 가득 채운 꿈의 찻장은 없지만 원목 책장을 하나 사서 차와 찻잔으로만 가득히 채워놓았습니다. 그리고 차 마시는 사람을 막연히 상상하던 그때는 떠올리지 못했던 예쁜 옥색으로 된 찻잔 닦는 전용 행주도 옆에 걸려있습니다. 그 옆에는 초록색으로 잎을 늘어뜨리는 디시

디아와 여름마다 잎을 무성하게 만들어 찻상에 그늘을 드리우는 벤저민도 자랍니다.

가끔 해가 아름다운 낮이면 차를 마시자고 생각합니다. 소박하나마 차를 마시기 위한 책상을 따로 샀지요. 차 수건, 모래시계, 차 저울, 티 코스터 같은 부대 물품들을 좋아하는 모양으로 예쁘게 진열해 둡니다. 화병이 있는 선반은 매번 좋아하는 물건과 그림엽서로 인테리어를 바꿉니다. 그러고 있으면 물 끓는 소리가 부엌 쪽에서 들립니다.

제가 떠올린 '차 마시는 사람'에게서 가장 중요한 점은 '그날 내가 원하는 차를 고를 수 있는가'였습니다. 여기에는 넓은 집이나 좋은 직장 같은 세속적인 성취보다도 경험을 통해 만들어진 취향이 필요했습니다. 저는 5년 만에 세속적인 부는 쌓을 수 없어도 차 고르는 안목은 가질 수 있었지요.

우아하고 고상한 것이 차 마시는 취미냐고 묻는다면 저는 그렇다고 대답하겠습니다. 차를 마시면서는 아름다운 찻잔, 좋은 향기, 오묘한 차 맛을 즐길 수 있고, 곁에 있는 사람을 존중하면서 대화를 나누니까요. 차 마시는 취미가 모험으로 가득 차고 언제나 새롭고 신나는 일이냐고 묻는다면 또 그렇다고 하겠습니다. 차를 마시면서는 물 좋고 산 좋은 시골에 콕 박혀있는 찻집에 가기 위해 우거진 덤불 사이를 헤치고 다닐 때도 있고, 공원에서 차를 마시기 위해 해외여행을 갈 때나 쓰는 큰 트렁크를 들고 낑낑대며 버스를 타야 할 때도 있으니까요.

차 마시는 취미가 별것 아니고 그냥 마음을 좀 편하게 해주는 것은 아니냐고 묻는다면, 또 그렇다고 대답하겠습니다. 차는 따뜻한 물을 부으면 향긋함이 우러나고, 일에 지쳐서 집에 돌아왔을 때 한 잔 쓱 타 먹으면 그냥 마음이 좀 편해지기도 하니까요. 차를 마시는 것이 좋으냐고 하면 그렇다고 할 것이고, 차를 굳이 마시지 않아도 되는 게 아니냐고 하면 또 그렇다고 하겠습니다. 저는 여기서 차 마시는 즐거움을 말하고 있지만, 결국 하고 싶은 말은 이것이니까요. '누구든 자신이 원하는 삶의 방향을 골라서 살아갈 수 있다'라고요.

제가 '차를 마시는 사람이 되고 싶어!'라고 생각했기 때문에 차를 마시는 사람이 되었던 것처럼, 우리는 다들 되고 싶은 모습, 바라는 마음의 방향이 있을 것입니다. 그중에 어떤 방향도 무조건 옳거나 그르지는 않겠지요. 하지만 이 깨달음을 준 것이 저에게는 차 마시는 일이었습니다. 차 마시면서 일어난 별별 재미있는 일을 마치 예고편처럼 쭉 늘어놓은 참이니, 이제 슬슬 그 이야기들을 시작해 보아야 하지 않겠어요?

사실 이런 말들도 아무 찻집에 가서 앉으면 반대편에서 차를 우리는 사장님께서 하나씩 풀어놓기 시작하는 이야기보따리와 비슷합니다. 여러분께서 차를 드시는 분이든 그렇지 않은 분이든, 마치 차 한 잔을 사이에 두고 마주앉은 티타임에서처럼 차를 마시고 있자면 건너편에서 별별 재미있는 이야기들이 흘러나오기 시작합니다. 이 책에서의 찻집 사장님은 이제 제가 되어보려고 합니다.

저는 찻물이 끓는 주전자에 손을 올리고 있고, 여러분 앞에는 제가 따라 드린 차가 오묘한 향기를 품은 채 놓여있습니다. 차를 권하면서 슬슬 이야기를 시작하지요.

"저는 한 6년쯤 전에, 차 마시는 사람이 되고 싶어했는데요…."

목차

3장 ☞ 나의 수상하고 평범한 다도 일기

4장 ● 고르고, 우리고, 마시는 즐거운 세상

1장 웰컴,
차의 세계에 오신 걸
환영합니다

매일매일이 놀라움의 연속

"어쩜 좋아요. 저흰 이제 벚나무 아래 있는 거네요. 봄 강에 한 송이 떠있던 백매화를 지나서 벚꽃이 가득 핀 숲을 만났어요…."

어느 해 3월 말, 마침 벚꽃 시기에 맞춰 열린 벚꽃 티 코스에 앉은 저는 메뉴 하나하나가 나올 때마다 탄성을 금치 못했습니다. 얼음이 얼어있는 강과 벚꽃 숲을 재현한 티 칵테일은 환상적이었고, 벚나무 가지 모양 시럽에 핀 벚꽃 머랭은 아까워서 집어먹지 못했습니다. 숲을 지나 나오는 얼음이 언 호수를 홍차 셔벗으로 만나고, 거기에 떠오른 달의 풍경을 바닐라 아이스크림 디저트로 감상했습니다. 아이스크림 위에 시럽이 떨어지는 순간 제 마음도 그만 뒤흔들려 버렸지요. 찰칵찰칵, 이렇게도 저렇게도 사진을 찍고, 내주시는 찻잎도 찍고, 킁킁 향기도 맡아보고, 감격의 후기를 SNS에 작성했습니다. 저는 음식 설명은 꽤 기억을 잘하는 편이라 메뉴에 관한 설명도 빠짐없이 다 썼습니다.

'티 코스는 정말이지 언제 가도 두근두근해! 콘셉트를 어떻게 구성했는지부터 메뉴가 나올 때마다 바뀌는 음료를 구경하는 재미, 맛과 향, 플레이팅, 곁들이는 음식까지 모든 부분을 즐길 수 있는걸!' 사실 그때 저는 인생에서 두 번째로 티 코스에 가본 상태였습니다. 정말이지 행복할 수밖에 없었죠. 그 전까지는 분위기 좋은 찻집 정도만 가봤지 이렇게 본격적인 코스에서 하나하나 설명을 들으며 메뉴를 맛보기는 처음이었습니다.

'어디에는 찻값 만 원에 랜덤으로 차가 나오는 찻집이 있다더라' '어느 찻집은 망고 디저트가 그렇게 맛있게 나온다더라', 차의 세계에는 귀가 쫑긋하는 소문도 참 많았습니다. 저는 소문을 쫓아 물어물어, 그 '어느 찻집'들을 찾아서 용감무쌍하게 방문했지요. 그 찻집들에는 소문뿐만 아니라 더욱 놀라운 점도 가득했기에, 실제 있었던 일에 차를 처음 마시는 사람의 온갖 호들갑까지 담아 새로운 소문을 만들어 내느라 여념이 없었습니다.

세상에는 처음 맛보는 신기한 것이 어쩌면 그렇게 많은지요! 산목련을 위스키에 재워서 만든 리큐어에 살짝 차를 섞은 메뉴, 미니어처처럼 작은 찻잔과 주전자에 차를 가득 채워 진하게 우리고 그야말로 눈물방울처럼 한 잔에 세 방울만 담아 마시는 눈물 차. 차에서 뽑아내는 진액, 차의 에스프레소 같은 우림법을 처음 만난 저는 또다시 대흥분하여 며칠간 친구들에게 그 이야기만 했습니다.

차를 처음 마시기 시작하고 한두 해 동안은 그런 놀라움의 연속이 저를 기다리고 있었습니다. 새로운 찻집의 인테리어가 얼마나 예쁜지, 처음 보는 티 틴들을 구석구석 구경하기 바쁘지요. 카운터 아래 놓인 바구니에는 낱개 티백을 세 개씩 포장한 수제 티백 세트를 판매하고 있습니다. 새로운 종류가 있는지, 국내에서 구매하기 어려웠는데 마침 그 사이에 끼어 있는 티백은 없는지, 하나하나 둘러보다 보면 시간은 술술 흘러가 어느새 집에 돌아갈 시간이 되곤 하지요.

제가 차에 입문하게 된 경위는 프롤로그에서 말씀드렸습니다. '차를 마시는 사람이 되고 싶어!'라는 마음 하나로 샘플러부터 사 모으기 시작한 날들, 그리고 소문으로 들리는 여러 찻집들을 찾아다니면서 놀라움에 빠지던 날들. 그런 시간들이 쌓여 지금의 저를 만들었지요. 이 책을 읽고 계신 분들이라면 저 외에도 다른 사람들은 어떻게 차에 입문하게 되었는지 궁금하실 법도 같습니다. 누구나 차를 마시는 사람이 되겠다고 결정하고 비장하게 내 차의 시작을 찾지는 않잖아요? 이미 어느 정도 차를 마시고 있는 중이신 분, 본격적으로 취미를 시작한다고 말하기는 약간 부담되시는 분, 이래저래 다양한 사정이 있겠지요. 그래서 준비해 보았습니다. 지금은 누가 봐도 즐겁고 자유롭게 자신만의 차를 드시고 계신 분들의, 기쁨도 재미도 말도 탈도 많았던 우당탕탕 차 입문기를요.

차 마시기의 시작

중학생 때였어요. 친구 집에 갈 때마다 친구가 아이스 밀크티를 만들어 줬는데, 특별히 맛있다는 느낌은 없었는데도 그렇게 차를 만들어서 마시는 시간과 분위기가 마음에 들었던 것 같아요. 그래서 조금씩 구매해 본 게 시작이었죠. 처음에는 맛있게 우려내지 못해서 시행착오를 거듭했지만 그렇게 시간을 들이면서 차 자리의 변화를 느낄 수 있게 되었고, 그런 섬세함에 점점 매력을 느꼈던 것 같아요. 예열한 티 포트를 만지면 따끈따끈하고, 또 그 안에 찻잎과 물을 넣으면 물감을 푼 것처럼 붉은색이 퍼지고. 이 차에는 어떤 과자를 곁들이면 맛있고 하는 것들을 알아가면서요. 당시에는 별다른 취미도 없었기 때문에, 차가 취미가 되고 나서부터는 가족들에게 종종 권하거나 친구들에게도 과일청 같은 것을 선물해 줄 수 있어서 무척 즐거운 경험이었어요.

*****

친구가 서울 구경을 시켜준다고 데려가서 본격적인 서양식 티 룸에 들른 적이 있었어요. 벽은 차분하고 짙은 녹색으로 칠해져 있었고, 안으로 들어가자 구석구석 진열된 온갖 틴들과 찻잔이 보였지요. 자리에 앉자 주문할 찻잎 향을 미리 맡아볼 수 있게 시향 샘플까지 내주시는 거에요. 종류만 해도 스무 가지가 넘어서 두근두근 하나씩 열어서 향을 맡았네요. 그때 티 룸의 재미를 알아버린 것 같아요. 일단 전문가가 차를 우려주는데다, 티포트는 보온이 잘 되도록 예쁜 티 코지에 감싸져 있고, 찻잔도 예열되어 있고. 티 매트는 티 코지와 무늬를 맞춰주고, 찻잔도 고르고…. 모든 게 문화적으로 너무 새로워서 저는 그만 그 공간과 시간에 홀딱 반해 버렸어요. 집으로 돌아가는 길에는 찻집 안에 진열되어 있던 차와 홍차 잼, 더치 커피, 쿠키, 엽서 등등 팔고 있는 제품들을 종류별로 다 구매해 갔죠. 처음 가게 된 티 룸은 굉장히 새롭고 놀라운 좋은 기억이었어요. 한 번 그렇게 좋은 경험을 하면 무척 오랫동안 인상에 남게 되는 것 같아요.

***

저는 지인이 저를 찻집에 데려간 게 시작이었는데, 그게 차로 가득한 4층 짜리 건물이었지 뭔가요. 환하게 밝고 천장이 높은 공간에, 1층에는 본 적도 없는 차 도구들이 가득하고, 2층과 4층에서는 차를 마실 수 있는 자리가 마련되어 있고. 3층은 차와 관련된 전시로 꾸며져 있어서 그야말로 차 종합 선물 세트, 차 놀이공원이었어요. 그냥 티 룸은 전에도 가본 적이 있지만 그렇게 차에 관한 것들만 본격적으로, 가득 모여있는 건물은 티 룸과는 또 분위기가 달라서 재미있었습니다. 그때 중국차를 처음 제대로 접해본 것 같은데, 가향하지 않은 말린 풀에서 어떻게 그렇게 다양한 향기가 날 수 있는지 놀라웠어요. 그 가게에서 구매한 티백을 시작으로, 하나씩 다구를 늘려가며 군에 입대해서도 취미를 이어가게 되었습니다.

***

제 중국차의 시작도 커다란 티 룸이었어요. 이미 서양 차를 어느 정도 섭렵해서, 전국 여러 가게들에서 내놓는 애프터눈 티 세트 투어를 하다가 좀 더 새로운 자극을 원하게 된 거죠. 첫 방문부터 끝내줬어요. 격자 칸에 들어찬 찻잔과 찻주전자들, 천장까지 쌓여있는 차와 벽에 붙은 찻잎 샘플들…. 주변에는 원반형으로 포장된 보이차가 진열되어 있고, 두 팔을 다 뻗어도 될 만큼 넉넉한 차 판 바로 옆에 포트가 세팅되어 있어 앉은 자리에서 차를 우리는 것에 관한 모든 일을 해결할 수 있었어요. 그런 편안한 분위기에서 계속 차만 마실 수 있는 콘셉트가 무척 마음에 들었습니다. 차를 본인이 직접 우려야 해서, 방법을 차근차근 알려주시는 것도 정말 신기했고요.

또 차 판이 크니까 찻주전자에 물을 넘치도록 부어도 흘릴 걱정이 없었어요. 오히려 물이 흐르는 것을 가정하고 만든 차 판이라 멋진 풍경이 연출되기도 하고, 차총이라고 하는 작은 미니어처 동물들도 있어서 남는 차를 부어줄 수도 있었어요. 차총들과 차를 나눠 마신다고 표현하는 게 재미있었고, 심지어 따뜻한 차를 부으면 온도에 반응해서 색이 변하는 차총들도 있었습니다. 그리고 중국차의, 가향이 아닌데도 꽃 향이 나고 풀 짓무른 향기도 나는 섬세함이 좋았어요. 모든 게 너무 신기해서 그날로 중국차에도 확 빠져버렸답니다.

이웃들과의 이야기

저도 차 이웃들에 관련된 이야기를 하지만, 차 마시기의 즐거움 중 많은 부분은 차 친구들, 그리고 차 친구가 아니더라도 그냥 친구들과 교류하는 데 있는 것 같습니다. 또 다른 분의 에피소드를 빌려와 볼게요.

교류가 즐거운 이유는 역시 사람들이 좋아해 준다는 점 때문이에요. 각각 취향에 맞춘 차를 보내주었을 때 돌아오는 반응이 기뻐달까 이를테면 초콜릿을 좋아하는 친구에게 초코 가향 차를 잔뜩 보내주면 '신기해' '좋아' 하는 말이 돌아오거든요. 결국 좋아하는 사람들에게 새로운 경험을 선물하는 재미인 것 같아요.

그러다 보면 친구들이 제가 차를 좋아하는 것을 알고 신경을 써주기도 하죠. 중국 여행을 갔던 친구가 저를 위해 보이차를 사 온 게 정말 기뻤어요. 가짜였지만.

친구와 그걸 들고 근처 찻집을 갔는데, 사장님께서 "아이고, 이건 가짜다. 안을 파보면 퇴비처럼 뭉친 게 나오는데…"로 시작하는 보이차 강의를 해주셨어요. 그러시더니 갑자기 창고에 가서 보이차를 꺼내 와서 보여주시기도 하고, 그렇게 저는 보이차 뜯는 법과 분류하는 법을 알게 되어 집에 돌아갔습니다.

재작년부터는 밖에서 차를 마시는 즐거움도 알게 되었는데, 그때 슬슬 차에 관심을 가지기 시작한 친구를 불러내서 공원에서 매트를 깔고 차와 케이크를 먹고 있었어요. 그런데 갑자기 청설모가 나타나서 케이크를 빼앗아 먹는 거예요. 야생의 공원이었죠. 친구가 운동 신경이 좋아서 청설모를 물티슈로 잡았지만 청설모는 손안으로 쏙 빠져 도망가고 말았고요. 참 빠른 녀석이었어요.

***

차를 마시다 보면 별일이 다 일어납니다. "이웃들과 재미있는 교류를 한다!"라고 말해도 우아하게 집에서 편지를 뜯고, 예쁘게 포장된 차를 마시는 것만이 아니라, 선물로 가짜 차를 받고, 나들이를 가서 청설모에게 케이크를 뺏기는 등의 엉뚱한 에피소드도 등장하지요.

저로 말하자면 '너 차 좋아하지'라는 말과 함께 받은 차가 물에 타 먹는 음료에 가까운 파우더여서 즐기는 차와는 완전히 달라 마음만 기쁘게 받았던 적이나, 역시 디저트를 야생동물에게 뺏긴 경험이 있습니다. 가장 좋아하는 레몬 머랭 파이를 바다가 내려다보이는 언덕에서 점심으로 먹을 생각에 두근두근하며 뜯었는데 파이를 손에 든 순간, 번개같이 날아온 갈매기에게 통째로 뺏기고 말았지요. 안타깝게도 파이는 무거웠고, 갈매기는 얼마 먹지도 못한 채 깊은 바다로 떨어뜨렸습니다. 보통 차 소풍을 갈 때는 디저트도 이름난 가게에서 엄선해서 구매하는 편인데 그걸 뺏기면 얼마나 억울한지요. 여러분께서도 피크닉을 갈 때는 갈매기와 청설모를 조심하세요.

시작하는 분들에게

앞서 인터뷰한 분들께서 차 마시기에 관심이 있는 분들께 공통적으로 전하고 싶어 하는 말은 '어렵게 생각하지 말고 일단 한번 해보세요'입니다. 티 룸에 데려가 줄 친구가 있다면 좋겠지만 없어도 혼자 용감무쌍하게 방문해 볼 수 있고, 그런 행동력을 발휘하기에는 내가 조금 소심하다 싶으면 집에서 홍차 샘플러 티백을 주문해 볼 수도 있지요.

'차를 전혀 모르는 내가 차를 맛있게 우릴 수 있을까?' 하는 걱정은 접어두세요! 티백 한두 개쯤 못 우린다고 무슨 일이 일어나지도 않습니다. 차가 마음에 들지 않으면 버리고 다시 우리면 되고, 티포트가 없으면 머그 컵을, 잎차를 우리고 싶은데 거름망이 없으면 다시백을 쓰면 됩니다. 아는 분들 중에는 말차를 마시고 싶은데 차 사발이 없어서 라면기에 차를 마셨다는 분도 계시더라고요.

있으면 있는 대로, 없으면 없는 대로, 되는 대로 시작해도 되는 것이 취미의 기쁨이자 즐거움입니다. 그냥 그렇게 얼렁뚱땅 도전해 본 시작이 야외 다회의 에피소드, 친구들과의 즐거운 교류, 새롭고 놀라운 티 룸과 티 코스의 추억이 되어, 매일을 살아가는 나의 삶을 다채롭게 물들일 테니까요.

한낮의 포근함, 실론

유리창을 통과해 들어오는 한낮의 부드러운 햇빛, 물줄기가 흐르는 소리. 김이 피어오르는 붉은 수색의 찻잔을 손에 쥐고 있노라면 그 순간만큼은 온전히 내 것이 됩니다. 우울할 때도 의욕이 날 때도 한결같은 따뜻함으로 나를 맞이해 주는 친구. 산뜻하고 가벼운 느낌이 목을 넘어가면 온몸을 햇살에 녹인 듯 나른해질 거예요.

차 정보

다류 / 홍차
산지 / 스리랑카
수색 / 주황빛이 감도는 갈색
향과 맛 / 화사하고 산뜻한 꽃 향에 가볍고 개운한 맛

어떻게 우릴까

찻잎 양 / 3g
물의 양 / 1회 300ml
온도 / 금방 끓인 물 사용
시간 / 3분
어울리는 다구 / 빛이 투과되는 유리 다구
추천 우림법 / 서양 차 우리기, 밀크 티

요즘다인 says

- '실론'은 스리랑카에서 나는 차를 총칭하지만, 지대에 따라 맛에 차이가 있습니다. 유명한 지역의 차를 샘플러 형식으로 골라 저지대에서 고지대 순으로 맛보는 일명 '등반다회'를 해보는 것도 재미있어요!

- 가끔은 그런 날이 있어요. 차를 섞어 마시고 싶은 날. 이거랑 이걸 섞으면 어떨까? 그런 소소한 도전 정신이 들 때, 안정적인 베이스로 실론을 가장 많이 고른답니다. 블렌딩은 전문가만 한다는 생각은 잠시 접어두고 과감하게 도전해 봅시다!

- 쿠키나 빵류의 디저트에 무난하게 어울리는 차라고 생각합니다. 저는 주말에 느긋하게 일어나 오전 열한 시쯤 브런치에 곁들이는 차로도 실론을 좋아해요.

"누나는 미각을 전문적으로 훈련했으니까…."

"야, 그런 게 어딨냐?"

차를 마신다고 하면 다들 그런 인상을 갖는 것일까요. 하지만 와인 동호인들이 모두 미각을 전문적으로 훈련한 것이 아니듯, 차를 마시는 사람들도 자격증을 공부하거나 전문성을 가지고 미각 훈련을 하기로 작심한 것이 아니라면 딱히 그런 말을 듣기에는 쑥스러운데 말입니다. 그래서 한때 제 동생이 그렇게 말했을 때 저는 그냥 웃어넘겼습니다. 하지만 지금 돌아보면 차를 마시면서 새롭게 발견하고 발달하게 되는 감각이 확실히 있는 듯합니다. 그것이 차 한 모금을 맛보고 차의 품종과 원산지, 제다 방법을 맞히는 블라인드 테이스팅 같은 것이 아니더라도 말이지요.

향긋한 차 한 잔을 마시면서는 맛과 향, 입안에서 느껴지는 질감, 맛이 시원한 편인지 따뜻한 편인지 등을 구석구석 느껴보게 되고, 그런 감각들에 집중하면서 즐거움을 느끼는 순간이 분명 있습니다. 그래서인지 이런 말을 하면 더욱더 생겨나게 되는 차에 관한 무시무시한 첫인상. 아, 차는 복잡하고 우아하고, 맛을 느끼는 법을 모르면 즐길 수 없는 것이 아닐까. 문턱에서 지레 겁을 먹고 돌아가지 않으셨으면 합니다. 제가 차 맛을 찾아내는 것에서 즐거움을 느끼던 시절이 지나, 지금에 와서 차를 드시려고 하는 분들께 드리고 싶은 말씀은 한 가지입니다.

'차는 분위기가 40퍼센트다.'

영화관에 가서 영화를 한 편 본다고 할까요. 우리는 영화의 모든 부분을 다 알아야 영화를 온전히 누릴 수 있다고 생각하거나 아는 게 없어서 영화를 보지 못한다고 생각하지 않습니다. 영화를 보러 가는 이유는 대부분 그냥, 재미있다고 하니까지요.

차도 마찬가지입니다. 영화를 즐기는 데 카메라 워크와 의상 구성과 영화 음악 이론과 연출을 파악하는 눈이 다 있어야 하지 않는 것처럼 차에서도 맛과 향, 차에 관한 이론과 지식을 다 알아야 하는 것은 아닙니다. 그냥 설명을 보고 마음에 드니까, 이름이 멋지니까, 궁금하니까 한번 마셔보는 것이지요. 그래도 차는 마시는 음료니까 맛에 관해서는 좀 알아야 되는 게 아니냐고요? 그래서 말씀드렸습니다. 차는 분위기가 40퍼센트라고요.

만약 차를 즐길 때 분위기가 40퍼센트라면, 맛을 잘 모르더라도 이미 절반 이상은 차를 즐기고 있다고 할 수 있겠습니다. '고수'들이 잡아내는 미묘한 향미들을 모른다고 해도 우리는 모두 차를 즐기기에 충분한 미각을 가지고 있는 셈입니다.

찻집을 다니다 보면 여러 가지 경험을 하게 됩니다. 지나가다 예쁜 찻잔이 진열되어 있어 구경하려고 들어간 가게에서 갑자기 앉아서 차 한 잔 하고 가라며 이름 모를 차를 내주기도 합니다. 혼자 차를 마실 요량으로 찻집에 들어갔는데 이미 벌어져 있는 차 자리에 끼어 앉게 되면서 모르는 사람들이 요즘 지내는 사정들을 속속들이 알게 되기도 합니다. 박람회나 축제에서 차 농가 부스에 들를 때면, 올해 햇차를 만들면서 무슨 일이 있었는지, 원래는 어떤 스타일로 만들고 싶었는데 이런 맛이 난다든지 하는 비하인드 스토리를 들을 수 있습니다. 한번은 차 축제 야외 부스에 앉아서 차를 마셨던 적이 있는데, 계절에 맞추어서 산들산들 부는 봄바람과 옆으로 흐르는 시냇물 소리에 무척 기분이 좋았던 기억이 있습니다.

멋진 가게들도 그날에 따라 기억이 다릅니다. 날씨가 청명했는지, 비가 쏟아져서 빗물이 창을 타고 흐르는 풍경을 보고 있었는지. 오후의 정취를 즐겼는지, 밤늦게까지 수다를 떨다가 가로등 불빛을 보며 돌아갔는지. 찻집으로 접어드는 언덕길은 가팔랐는지, 그때 나무들은 어떤 색으로 물들어 있었는지…. 동행한 사람에 따라 기억이 달라지는 것은 물론입니다.

혼자서 여유를 부리며 앉아있는 것도 좋고, 가게를 소개해 주고 싶은 좋은 사람과 둘이서 시간을 보내도 좋고, 친구들 여럿과 함께 와서 왁자하게 이것저것 온갖 차를 시키고 이야기를 나누면서 한껏 떠들다 가도 좋습니다. 테이블보에 비치는 햇볕을 보고 함께 감탄해 줄 수 있는 사람이 있다는 것은 얼마나 멋진 일일지요! 찻집 인테리어를 보고 '이건 누가 좋아할 만한 스타일이다' '나도 이렇게 집에 선반을 달면 좋겠다' 하고 차에서 한 발 떨어진 이야기를 나누는 것도 좋습니다.

실내가 아닌 바깥에서 마시는 차는 또 얼마나 좋은지요! 차를 마시는 경험을 공유해 주신 분 가운데 한 분은, 야외 차 자리의 아름다움에 대해서 열변을 토하십니다. 차에는 끓는 물이 필요하다거나 95도 정도에서 우려야 한다는 등의 정해져 있는 조건을 다 맞추지 못해도 상관없습니다. 물은 보온병에 담아서 가져가고, 멋진 원목 탁상 대신에 간이 테이블을 펼치고, 철따라 다른 테이블보를 사용하면 계절과 풍경에 맞는 운치를 듬뿍 누릴 수 있습니다. 그렇지만 그렇게 만든 '임시 차 자리'는 자연이 함께하는 풍경 속에서 결코 임시로 만든 것이 아닌, 잊을 수 없는 하나의 기억으로 마음속에 남습니다.

우연히 발견한, 등나무꽃이 핀 폐허와 그 안에 자리 잡은 찻상. 이제 막 지기 시작한 등나무꽃이 바람이 불 때마다 하나둘 떨어지며 바닥에 소복이 쌓입니다. 그늘에 차렸던 찻잔과 숙우 위로는 어느새 해가 움직여 황홀한 빛을 흐트러뜨립니다. 평온한 고요함과 시원한 바람, 따뜻한 햇살이 선보이는 빛의 향연을 담은 찻물. 그러면서도 열감은 옅어 시원 달콤하고….

이윽고 밤바다에 달이 뜨는 모습을 보면서 마시는 다즐링 퍼스트 플러시. 적당한 높이에 오른 달이 파도에 일렁일 때, 그 빛이 이어지는 아래 어디쯤에 찻잔을 두면 달을 잔에 담아 마시는 기분이 듭니다. 풀벌레와 개구리 우는 소리, 바위에 흩어지는 파도 소리. 시선을 돌리면 서서히 드러나는 은은한 별 하늘, 완연한 봄밤의 향연. 그렇게 바깥에서 차를 마시다 보면 티포트가 금세 찬 바람에 식어, 처음 몇 잔 후에는 미지근한 차를 마시게 될 수도 있지요. 그렇지만 정취에 빼앗긴 마음은 그날 하루를 잊을 수 없는, 인생에서도 손꼽을 만큼 최고로 맛있는 차를 만들어 냅니다.

그런 날들의 차는 돌아보아도 '아, 그날의 차는 정말 좋았지' 하고 생각이 납니다. 이 부분을 주목해 볼까요. '그 차가 맛있었지'보다는 '그날 마신 차가 참 좋았지'입니다. 차는 물론 맛이 중요하지만, 앞서 이야기했듯 절반에 조금 못 미치는 한 40퍼센트 정도는 그날이 좋아야 합니다.

야외에서 마시는 차는 아무래도 제대로 된 가게에 비하면 조건을 세심하게 맞추기도 어렵고 필요한 도구가 없어서 단계를 건너뛰기도 합니다. 맛 자체만 따지자면 집에서 혼자 신경 써서 우린 차가 훨씬 나을지도 모릅니다. 하지만 내가 집에서 우린 차는 또 찻집들에 비하기 어렵고, 최고의 차는 그중에서도 차를 잘 낸다고 소문난 가게에 있을지도 모르겠습니다.

하지만 돌아보아도 즐겁고, 보석처럼 반짝이는 순간의 차를 만드는 것은 무엇일까요? 그때 차라는 것은 과연 맛만을 가리키는 것일까요? 차를 만드는 것은 야외의 찻상이나 예쁜 찻집의 창 안으로 흘러드는 햇볕일까요, 꽃을 산들거리게 하는 바람일까요, 그날의 공기일까요, 아니면 함께하는 사람들일까요?

이 모든 것을 저는 분위기라고 부릅니다. 좋은 분위기와 분위기를 즐기는 마음. 그것은 빼놓을 수 없는 무형의, 차를 맛있게 마시기 위한 일부입니다.

일기일회 一期一會.

지금 이 순간은 살면서 단 한 번뿐이고, 지금 이 만남도 살면서 단 한 번. 다도에서도 자주 쓰이는 이 말은 단지 만남이나 손님 대접을 할 때에

만 사용되지 않습니다. 지금 내가 느끼고 지금 내가 바라보는 이 순간, 살면서 단 한 번인 지금을 얼마나 기쁘게 즐기는가 하는 점에서도 떠올릴 수 있는 말입니다. 그리고 그 일기일회의 순간을 잡아내는 것이야말로 '분위기를 즐기는 것'이라고 할 수 있겠습니다. 결국 엄격한 법식으로 이루어져 있는 다도에서도 차는 맛이 다가 아니라고 하고 있는 셈이지요. 차가 음료에서 문화로 뛰어오르는 지점은 바로 이곳에 있을 것입니다.

문화라고 하니 거창하게 느껴지시나요? 하지만 지금까지 했던 이야기에 따르면 차를 문화로 즐기기 위한 일은 쉬운 것뿐입니다. 차를 음미하는 데 자신이 없어도 될 수 있는 대로 분위기를 즐기는 것이지요. 영화 이론을 몰라도 즐겁게 극장 나들이를 가는 것처럼, '차 맛을 느끼기에 내가 아직 부족하지 않을까' 고민하기보다 '분위기 좋은 곳에서 차 한 잔' 하는 순간을 즐겨보는 겁니다.

바람이 불어오는 순간, 옷소매가 날리고 손안에 든 찻물이 찰랑거려 기분이 좋으면, 그때 살며시 중얼거립시다. '일기일회'라고.

초여름 밤 월광, 백차

어느 초여름 아침 아름드리나무 그늘 아래 펼쳐진 작은 동물들의 분주한 세계, 낮의 햇살을 투과한 유리에서 일렁이는 눈부신 광채, 고요한 밤 창백한 달이 들려주는 은은한 선율. 옅은 열감은 어딘가 시원하고 때로는 서늘하여 산들거리는 바람 속에 나를 놓아둡니다.

차 정보

다류 / 백차

산지 / 중국 복건성

수색 / 맑은 상아색

향과 맛 / 은은한 풀잎 향에 가벼운 감칠맛

어떻게 우릴까

찻잎 양 / 4g

물의 양 / 1회 120~150ml

온도 / 금방 끓인 물 사용

시간 / 10초-5초-10초-10초-15초*

어울리는 다구 / 개완

추천 우림법 / 동양 차 우리기, 아이스 티

* 중국, 대만 등지의 잎차는 한 번 우리는 것으로 끝나지 않고 여러 번 우려내며 마십니다. 적어둔 시간은 찻잎에 물을 부었을 때부터 따라내기 전까지 몇 초 정도를 우리는지 표기한 것입니다.

요즘다인 says

◦ 백차는 상대적으로 카페인 함량이 낮은 편이라 저녁에 마시기 좋아요. (개인
차가 있을 수 있습니다.)

◦ 1년이면 차, 3년이면 약, 7년이면 보물이라는 그 차! 컨디션이 안 좋을 때 "옛
날엔 약이었으니까"라는 말을 하며 슬쩍 꺼내 마실 수 있어요. 그 어떤 다류
보다 마셨을 때 가장 속이 편한 게 특징입니다.

◦ 원료가 되는 찻잎에 따라서 맛의 베리에이션이 무척 큰 차가 백차이기도 합
니다. 싹만으로 만드는 '백호은침'은 맑고 은은한 향이 특징이고, 여린 잎부터
큰 잎까지 모두 골고루 들어가는 '수미'는 백차 중에서도 진한 풍미를 내지요.
같은 백차라고 해도 무척 다양한 맛이 있으니, 여러 가지 이름의 백차들을 골
고루 마셔보며 비교하는 것도 재미있을 거예요!

차 짐을 사수하라

차 짐 보부상

제가 차 마시기에 그야말로 빠지고 만 때는 한창 대학을 다니던 시절이었습니다. 바람이 산들산들 불면 창밖으로 나뭇잎을 통과한 햇볕이 아름답게 들던 기숙사는 2인 1실이었고, 학교 기숙사가 다 그렇듯 침대와 책상, 책상에 딸린 책장, 옷장 정도가 들어가고 나면 별달리 여유 공간은 없었지요.

대학에 들어간 첫 봄이었습니다. 새로운 마음으로, 가장 소중한 찻잔과 찻주전자 세트를 펼쳐놓는 데 저는 가장 커다란 책장 칸을 할애했습니다. 딱 하나씩 가지고 있는 찻잔과 주전자, 티백 트레이, 티스푼, 그리고 알록달록한 무늬가 그려진 행주를 마치 소품 숍에서 그렇게 하듯 예쁘게 진열했지요. 그 칸은 본래 전공 서적을 넣는 칸이어서 제게 공부를 할 마음이라곤 없어 보였지만 아무렴 어떤가요! 햇볕이 들면 금장 찻잔 테가 눈부시게 빛나고 새하얀 도자기 면에 그려진 색색의 그림들은 더 화사하게 반짝였습니다. 보기만 해도 마음이 뿌듯해지는 광경인 데다, 저는 이

틀에 한 번은 차를 마셨기 때문에 가장 큰 칸에 찻잔을 넣고 책을 다른 곳으로 치운 선택은 실제로도 합리적이었습니다. 손이 제일 잘 닿는 곳이잖아요? 그리고 제 차 짐이 늘어나는 역사는 여기서부터 시작했습니다.

여기에 공헌한 한 가지는 이태원 앤티크 마켓. 골동품 가게며 소품 가게들이 줄지어 늘어서 있는 이태원 앤티크 가구 거리에서는 매해 거리 전체가 제품을 바깥으로 내놓고 특별 할인가로 파는 행사를 합니다. 전에는 보고도 그냥 지나쳤던 소식이, 차에 빠지고 나서부터는 귀를 쫑긋 곤두세우고 개최 날짜를 노리는 이벤트로 변했지요. 보통 마켓은 목요일부터 일요일까지 열리는데 예쁘고 좋은 물건들은 아무래도 목요일과 금요일에 거의 다 나가는 편입니다. 주말까지 느긋하게 기다리다가는 늦지요. 저는 행사 기간을 놓치기도 하고, 어쩌다 보니 일요일밖에 시간이 나지 않아 파장이 가까운 길거리를 쓸쓸하게 둘러보면서 아쉬운 마음을 쌓아가고 있었습니다.

그러던 어느 날 두 해를 별러서 드디어 화창한 목요일 오후에 그 행사가 열리는 거리에 제때 도착했습니다. 주변을 둘러보니 반짝반짝거리는 찻잔이며 접시며 상자 속에 담긴 소품들, 도자기 장식들이 가득했습니다. 화려한 채색이 들어간 쟁반과 커다란 페르시안 카펫, 바람에 하늘하늘거리는 식탁보와 앞치마들, 바구니에 한가득 담긴 자수 손수건까지.

그 사이에서 제가 함께할 새로운 예쁜 찻잔을 고르는 일은 그야말로 즐겁고도 비명이 나올 만큼 어려운 일이었습니다. 결국 그때 골라낸 것은 전원풍 장미가 포인트로 그려져 있고 금색 덩굴무늬 도안이 배경으로 된, 길고 좁아서 차 향에 집중하기 좋은 미니 잔 하나. 그리고 잔 받침이 없는 바람에 한 개에 3,000원으로 할인하던, 앨리스의 티타임에 등장할 것 같은 금테를 두른 푸른 잔 두 점 세트였지요. 그렇게 어느 5월, 제게는 문득 찻잔 세 개가 더 생겼습니다.

다음 해 앤티크 마켓에서는 금장으로 된 장미 무늬가 햇빛 아래 영롱하게 빛나는 찻잔, 잔 받침, 접시 3조까지 세트로 구성된 트리오를 구매했습니다. 또 동양풍의 꽃무늬가 그려진 디저트 접시, 웨지우드에서 나온 좀 더 커다란 다용도 접시도 샀지요. 그 와중에 몇 번 다녀왔던 꽃집에서 앤티크 찻잔을 포함해 창고 세일을 한다고 해서 미니 마켓도 다녀왔습니다. 거기서 그야말로 한눈에 반해 홀랑 사 오고 만 진줏빛 분홍색 꽃무늬 찻잔이 얼마나 예뻤던지요! 마치 부서질 듯한 아름다운 꽃을 두고 어쩔 줄 모르는 것처럼 저는 찻잔 주위를 맴돌며 모든 각도에서 그 사랑스러움을 감상했습니다.

이쯤 하면 제 기숙사 풍경을 짐작할 수 있으시겠지요? 책은 책상 위에 따로 책꽂이를 사서 만든 공간으로 밀려나고 눈에 보이는 모든 책장 칸은 찻장이 되어, 알록달록 모습도 예쁜 찻잔 컬렉션이 탄생했습니다. 그뿐인가요. 찻잔을 가진 사람은 차를 마십니다. 예쁜 차 패키지들은 세상에 정말 많고 그만큼 마시고 싶은 차 종류도 다양해서, 찻잔 컬렉션들의 배경에는 온갖 차들도 함께 놓여있었습니다. 대학 생활 속 눈부신 청춘의 찻장이었지요.

앤티크 마켓을 2년 넘게 다니는 동안 저는 동양 차를 마시기 시작했기 때문에, 그 시간 동안 동양 찻잔들도 점차 늘어났습니다. 동양 차를 우리기 위한 차 도구들도 생기며 어느덧 똑같이 두 배로 들어난 서양 차와 동양 차들. 그렇게 제 기숙사는 미니 찻집이 되었지요. 문제는 이사를 할 때 발생했습니다. 학교 기숙사는 규정상 입소한 후 학기마다 방을 옮겨야

하는 시스템이었습니다. 즉 이런 화려한 차 짐들을 4개월마다 진열했다가 옮겼다가, 진열했다가 또 다른 방으로 옮기기를 반복해야 한다는 뜻이었습니다.

　방에서 방으로 옮긴다고 해도 짐은 이사할 때처럼 모두 싸서 끌차로 옮겨야 합니다. 그릇이 들어간 이삿짐은 완충재로 싸거나 케이스에 도로 얌전히 넣어서 조심스럽게 다루어야 하고요. "도대체 뭘 이렇게 많이 짊어지고 다니는 거냐!" 이사를 도와주시던 어머니가 퉁명스럽게 말씀하셨습니다. 하긴 짐이 정말 많기는 했습니다. 보통은 큰 끌차로 한두 번 옮기면 이사가 끝나는 다른 학생들과 달리, 저는 꼭대기까지 차곡차곡 박스를 쌓아서 세 번이나 네 번을 옮겨야 했으니까요.

　저도 짐이 많다는 데는 동의했기 때문에 옷을 줄이고, 책을 줄이고, 꼭 필요한 것이 아니면 가져가지 않고…. 최선을 다했습니다. 하지만 그러는 동안에도 차 짐은 줄어들기는커녕 늘기만 해서, 서양 찻잔은 여덟 조, 동양 찻잔도 여섯 점, 찻주전자와 물 주전자가 세 점, 개완 두 점, 그 외에도 물그릇이며 차받침, 작은 주전자들이 빼곡하게 들어차 기숙사 속 차 왕국을 만들었습니다.

　남들에 비해 너덧 배는 되는 그 짐 중에서 차 짐이 차지하는 비율이 얼마나 되었는지는 몰라도 제 마음의 비율로 따지면 가장 컸기 때문에 저는 이사를 할 때 가장 먼저, 차 짐을 싸는 전용 박스에 소중한 찻잔들을 담곤 했습니다. 자리에 앉아서 찻잔들을 포장하고, 차로 박스 안을 채워서 흔들리지 않게 고정하고, 완충재를 넣고, 혹여나 깨지지는 않을까 차 짐이 들어간 박스가 끌차에 올라가면 내심 안절부절못하면서 차 짐을 지키는 데 온 힘을 다했지요.

때로는 이게 뭐 하는 짓인가 싶다가도 새 방으로 가면 다시 새로운 배치로 찻장 꾸미기에 열을 올렸습니다. 고학년이 되어서 조금 더 넓은 방으로 가게 되자 아예 차 짐을 늘어놓기 위한 3단 선반을 구매해 방 안에 작은 차 공간을 만들었습니다.

창문으로 산비탈이 마주보이는 곳에 머물 때였습니다. 창가에는 노끈을 달아서 집게로 차 사진 엽서들을 달고, 창틀 쪽에는 드라이플라워를 매달아서 장식했습니다. 그늘에 두어야 하는 차들은 아랫단에 차곡차곡 쌓고, 빛을 받으면 아름다운 찻잔들은 맨 위에, 알록달록 자주 보고 싶은 예쁜 패키지 박스 몇 개도 선반 위에 두었지요. 그렇게 해놓고 책상에 앉아있다가 문득 고개를 돌리면 항상 차 선반은 어느 카페의 일부를 떼 온 것처럼 고요하고 아름다운 모습으로 그 자리에 있었습니다.

어느 날 짐을 풀어놓고 보니

대학을 졸업하고 나서도 짐을 옮길 일은 몇 번이나 있었습니다. 그때마다 저는 좁은 공간에 차 짐을 꾸역꾸역 집어넣는 일에 도전했는데, 때로 몇몇 차 도구들은 박스에 든 채 빛도 보지 못하는 처지가 되기도 했습니다. 그렇게 여러 기숙사를 전전하다, 몇 년 만에 처음으로 큰 집에서 지내게 되었을 때입니다.

여전히, 무식할 만큼 우직하게도 가장 소중한 차 짐부터 바리바리 싼 저는 짐 정리 중에서도 차 짐을 가장 먼저 정리하기 시작합니다. 차 짐 싸고 풀기로는 프로가 된 저는 이제 어떤 순서대로 무엇을 넣었다가 빼야

가장 튼튼하게 박스가 채워지는지 알고 있어 꺼내기도 그야말로 착착. 그렇게 모든 차 물건들을 꺼내보니, 커다란 아파트 거실과 부엌 진열장이 채워졌습니다. 기숙사 방에서는 박스 위에 박스를 쌓고, 최대한 압축해서 구겨 넣었던 것들인데 제대로 분류해서 늘어놓자 거실 하나는 차와 차에 관련된 물건들로 채울 수 있을 정도가 되었던 것입니다.

집에 처음 이사해서 들어오면 마음이 싱숭생숭합니다. 적응도 되지 않고 이삿짐이 아직 정리되지 않은 공간은 휑한 느낌입니다. 박스들이 바닥에 놓여있고, 아직도 할 일은 태산이고, 혼자 하려면 며칠이 걸리지요. 차 도구 외에도 식기나 냉장고 등 필요한 정리를 하면서 이틀이 걸렸는데, 박스에 구겨 넣었던 짐을 집 가득 펼쳐놓고 나니 묘하게 안정감이 들었습니다. 그때 저는 느꼈습니다. 차는 내 취미뿐만 아니라 영혼의 일부이기도 했구나. 차는 내 즐거움이기도 했지만 마음을 지키려는 노력이기도 했구나, 하고요.

1인 가구가 전체 가구 수의 절반에 가까워지는 요즘 같은 시대. 익숙한 곳을 떠나 좁은 방 한 칸에서 지내는 일은 물리적으로도 힘들지만 심적으로는 또 얼마나 어려운 일인지요. 외롭달까, 공허하달까, 정을 붙이지 못한달까. 필요한 것만 그럭저럭 갖추고 지내면 된다고 생각하다가도 방을 장식할 소품 하나, 선물받은 디퓨저 하나, 액자나 꽃다발, 작은 식물 하나는 어째서인지 두게 됩니다.

그렇게 누구에게나 마음을 붙이고 싶은 것은 필요합니다. 필요하기 때문에 다들 그런 것을 집에 두고 살아가는 것이겠지요. 차 짐은 제게 그러한 마음을 지키려는 노력이었습니다. 방문을 열고 일곱 걸음을 걸으면 벽에 부딪히는 기숙사에서도, 조그마한 창문이 있어서 다른 방보다 5만 원이 더 비쌌던 고시원에서도 저는 최소한 두 종류가 넘는 찻잔을 가지고 다녔던 기억이 납니다. 그 어떤 작은 공간에서도, 찻잔은 단지 차를 마시는 데에만 쓰이지 않았습니다. 기분에 따라 찻잔과 차를 골라서 마실 수 있다는 사실이, 그 시간이 저에게는 영혼이 쉬는 자리를 마련해 주었기 때문입니다.

누구에게나 영혼은 필요하다

찻상 위의 작은 세상은 참 멋집니다. 주전자의 자리에는 주전자가 있고, 주전자 아래에는 보온을 위해 깔아놓은 티포트 코스터가 있습니다. 이 작은 천을 몇 장 가지면 그날 마실 차에 어울리는 주전자 전용 방석을 깔아줄 수가 있지요. 따뜻한 물을 부으면 향기가 살아나고, 주전자에 손을 대고 있으면서 언제쯤 따라내야 가장 맛있을지를 가늠합니다. 하나, 둘….

이 차는 90도 정도에 우리는 게 좋다고 하고, 이 차는 85도까지 온도를 떨어뜨리라고 하던데 차 마시는 사람들은 집에 온도계를 가지고 있는 걸까요? 놀랍게도 익숙해진 찻잔과 차 도구는 이런 것들을 몸으로 가늠할 수 있게 해줍니다. 이 유리 주전자는 이렇게 옆면을 만질 수 있는 정도라 이 온도여서 이 차에 어울렸지, 물을 이 정도 부었을 때 옮겼더니 용량이 딱 맞았지 같은 것들을 기억하고, 온도를 오래 품고 있는 잔과 빨리 식는 잔을 기억합니다.

작은 물건 같지만 알수록 애착이 깃듭니다. 조그마한 테이블 위에 몇십 분이고 들여다봐도 재미있는 일들이 가득 생겨납니다. 이럴 때 차는 마실 것 이상으로 친구가 되고 티 테이블은 놀이터가 됩니다. 이 많은 것들을 언제 다 갖추느냐고요. 기억하시나요? 처음에는 찻잔 하나와 찻주전자 하나였습니다. 그러고는 몇 해에 걸쳐서 쌓아온 마음들이 이 찻상을 만들었습니다. 차곡차곡 하나씩 모아온 나의 영혼, 나의 마음들이기 때문에 이것들을 만지작거리고 있는 동안 저는 단지 예쁘게 꾸며진 티 테이블을 마주하는 것 이상으로 제 영혼이 놀고 쉬는, 보이지 않는 시공간을 마주하고 있습니다.

'차 한 잔의 여유'가 소중한 이유는 차 한 잔을 마시는 시간이, 내 삶에 차 한 잔을 들여놓을 수 있는 영혼의 자리를 마련하기 때문일 터입니다. 따뜻하고 고요하고 내가 잘 아는 것들. 물을 끓여 주전자에 부을 때 김이 피어오르는 모양, 눈부시게 빛나는 물줄기, 어느새 피어오르는 향기가 주위를 채운 찻상. 물을 붓고, 모래시계를 거꾸로 엎어놓고, 오늘은 잠깐 이 차 짐 사수의 역사에 대해 생각합니다. 이 마음은 수년 전부터 시작해서 지금 여기에, 내 손 안에 만질 수 있는 모습으로 있구나 하고요.

시간이 만든 보석, 전홍

세월로 빚은 호박의 영롱한 빛깔, 투명하지만 단단한 질감, 달큼하고 녹진한 맛. 오랜 시간 보석의 주위를 맴돈 물과 돌과 풀과 바람의 노래가 개운한 향을 담고 흘러갑니다. 우여곡절 끝에 완성되는 자연의 눈물처럼 어제의 시간이 쌓여 오늘의 차 자리를 만드네요.

차 정보

다류 / 홍차
산지 / 중국 운남성
수색 / 황금빛을 품은 주황색
향과 맛 / 싱그러운 과일 향과 달고 구수한 맛

어떻게 우릴까

찻잎 양 / 4g
물의 양 / 1회 120~150ml
온도 / 금방 끓인 물 사용
시간 / 15초-10초-10초-15초-20초
어울리는 다구 / 개완, 다관, 자사호
추천 우림법 / 동양 차 우리기, 밀크 티

요즘다인 says

○ 양갱이나 단팥빵처럼 팥이 들어간 간식과 궁합이 좋은 차예요.

○ 전홍은 눈이 온 날에 마시면 더욱 운치가 있어요. 녹진하고 달달한 엿기름 같
은 향미 속에서, 새하얗게 덮인 세상을 바라보며 달콤한 휴식을 즐길 수 있
죠. 좋은 전홍을 집에 쟁였다가 겨울에 꺼내보세요. 이불에 파묻힌 채 호로록
마셔도 무척 즐겁답니다.

부어라 마셔라

일본 차 브랜드 루피시아에서 나오는 차 중 '호시마츠리'는 센다이 지방에 있는 매장에서밖에 판매하지 않습니다. 왜냐하면 이 차는 센다이가 속한 도호쿠 지방의 3대 축제 중 하나인 '센다이의 칠석 축제'를 테마로 한 차거든요.

호시마츠리에는 그린 루이보스와 일본 녹차 베이스에, 은하수가 떠오르는 별 모양의 알라잔(식용 은박이 덮인 설탕 과자)과 우유 가향, 팔랑팔랑 날리는 수레국화 꽃잎이 들어갑니다. 그야말로 패키지도, 진짜 차도, 칠석 축제를 기념하기 위한 특별한 블렌딩이라고 할 수 있겠지요.

반면 오키나와 지방을 테마로 하는 한정 차에는 아열대 기후의 남쪽 섬에서 가장 흔하게 피는 꽃 중 하나인 히비스커스를, 패키지 디자인에는 이 지방의 전통 공예를 연상케 하는 그림을 넣습니다. 이렇게 지역 특산물과 결합한 블렌딩과 딸기, 벚꽃 등의 계절 한정 테마, 아름다운 디자인으로 루피시아는 널리 사랑받고 있는 브랜드입니다.

거기다 루피시아에서 매해 출시하고 있는 티 북 시리즈는 이런 다양한 테마의 차들을 또 한 번 테마로 감싸, '책 한 권으로 세계를 여행한다'는 느낌을 주기도 합니다. 이렇게 화려한 디자인과 마케팅을 보면 상품에 손이 가는 것도 어쩌면 당연스러운 일입니다.

그러니 차는 선물하기 참 좋은 아이템입니다. 적당한 가격, 예쁜 포장, 편안함과 여유를 상징하는 이미지에 조금의 특별함까지. 국내 오설록 선물 세트만 봐도 제주도의 온갖 아름다운 풍경을 연상케 하는 블렌딩 테마들이 가득합니다. 이름도 예쁘지요. '벚꽃 향 가득한 올레' '달 꽃이 바라보는 바당'…. 지역색과 의미를 담은 패키징은 이렇게 구매 의욕을 자극하나 봅니다.

그런데 손쉽게 선물할 수 있는 아이템인 차를 막상 내가 선물받거나, 직접 구매해서 마시려고 하면 갑자기 차는 쉽지 않은 일이 됩니다. 그냥 티백이라면 종이컵에라도 퐁당 넣을 수 있지만 이렇게 공들여 포장되어 있는 고급 티백은 아무래도 조금 더 예쁜 머그 컵에 우려먹어야 할 것 같달까, 그렇게 해도 제대로 만들어진 '진짜 찻잔'이 아니라면 좀 '덜 제대로' 마시고 있는 것 같달까….

잎으로 된 차라면 우리는 것부터 간단치가 않습니다. '우리 집에는 찻주전자가 없는데 어쩌지?' 급한 대로 생활용품점에 가서 차 우림 망이나 주전자를 사 와보지만 찻잎을 얼마나 넣어야 할지도 모르겠고, 게다가 한 번 차를 우리고 나면 설거지할 건 어쩌나 많은지 거름망 구석구석 낀 찻잎을 청소하는 것도 무척 귀찮습니다. 그렇게 들이는 수고에 비해서 차가 맛있을지도 모르겠는데 말이지요! 결국은 이런 번거로움 때문에 5,000원짜리 주전자는 부엌 찬장 안에서 먼지가 쌓여가는 신세가 되고 차도 어디 한구석에 반년째 놓여있기만 합니다. 차는 도대체 어떻게 먹어야 하는 걸까요? 좀 편하게 차를 마시는 법은 없을까요?

***

요즘 제가 완전히 푹 빠져버린 차 도구는 대접입니다. 국그릇이나 숭늉을 담는 데 쓰는 그 대접 말이지요. 이 대접으로 말할 것 같으면 차를 우린 뒤 옮겨 담을 다른 도구가 추가로 필요 없고, 멋진 찻잔도 필요 없습니다. 그냥 우린 차를 콸콸 부어서 막걸리 마시듯 잡고 마시기만 하면 됩니다. 면적이 넓으니 차가 빨리 식어, 자그마한 찻잔과 달리 차가 식기까지 호호 불며 뜨겁게 마시지 않아도 되지요. 거기다 조그마한 숙우와 달리 차를 따르다 물을 흘릴 염려도 없습니다. 이 얼마나 새로운 문물인지, 저는 홍차고 보이차고 가리지 않고 요즘은 죄다 대접에 부어 마시고 있습니다.

차를 마시는 대접이라 차 사발이라고 하지만 사발은 본래 밥그릇, 국그릇을 일컫는 말이었습니다. 그러니까 집에 찻잔이 없으면, 선물받은 멋진 차를 밥그릇이나 국그릇에 부어 마셔도 된다는 뜻이지요. 이렇게 사발에 차를 부어 마시는 다도는 의외로 역사가 유구해서, 약 1천 년 전인 중국 송나라 때도 입이 넓은 사발에다 차를 부어 마시곤 했습니다. 그때 차 사발은 정말로 넓고 큼직해서 지금 우리가 쓰는 밥그릇보다도 국그릇이나 막걸리 잔, 혹은 조금 우묵한 파스타 그릇 비슷하게 생겼었습니다. 그러다가 점점 사이즈가 작아지면서 지금 우리가 아는 찻잔이 되었으니 국그릇에 차를 부어 마신다고 하면 기나긴 차의 역사를 이어받는 다도를 행하는 셈이기도 하지요.

국그릇이 우아하고 고상한 다도 아이템이 된 사례는 그 외에도 또 있습니다. 고상한 문화의 끝이라고 할 수 있는 엄숙한 일본 말차 다도에서 쓰이는 차 사발이 그렇지요. 본래 '막 쓰는 사발'이라는 뜻에서 한국에서는 막사발이라 불렸던 그릇은 바다를 건너 일본으로 가면서 그 쓰임이 달라졌습니다. 멋대로 생긴 모양은 '자연스러운' 것으로, 다소 완전하지 않은 우그러진 형태는 '쓸쓸하고 덧없는 정취'가 되면서 정숙한 다실 한가운데 놓이는 귀한 물건으로 자리 잡게 된 것이지요. 혹자는 이것을 두고 물건에 깃들어 있는 새로운 쓰임새를 발견한 것이라고 하고, 문화의 맥락에서 일본 다도가 한국의 사발을 재해석했다고도 합니다. 그 말도 어느 정도 일리가 있기는 합니다만, 근본적으로 그 차 사발이 무엇이었느냐 하면 국그릇이긴 합니다.

차 문화는 처음에는 약으로 쓰이던 것부터 시작해 높은 계층이 즐기는 취미로, 이어서 서민층으로 넓게 퍼졌습니다. 길에서 동전 한 푼을 받고 차 한 잔을 파는, 마치 현대의 카페 같은 문화가 형성되기도 했습니다. 지금으로 말하면 차 테이크아웃이지요. 중국의 차가 처음 영국으로 흘러들어가 서구권에 정착하던 때에도 귀족들이 즐기던 고상한 차 모임이 있었는가 하면 노동자들이 매일 마시던 차도 있었으니, 역사 속에서 차란 어떤 특별한 사람들만이 특별한 도구를 가지고 누리는 문화가 아니었던 셈입니다.

그렇게 아주 흔하던 것이 현대에 와서는 멋있이 보이는 것이 되기도 하고, 그때는 당연하던 예절이 지금은 이상한 모습으로 보이는 일도 있습니다. 반짝반짝 빛나는 아름다운 서양 앤티크 찻잔에 딸려있는 잔 받침이 원래 뜨거운 차를 식혀 먹기 위한 용도였다는 점을 믿을 수 있으신가요?

그 시절에는 티포트에서 차를 따른 뒤, 그 차를 널찍한 잔 받침에 도로 부어서 마셨다고 해요. 지금 생각하면 우스운 일이지만 당시에는 그렇게 하는 것이 소위 차 좀 마시는 사람들의 예절이었다고 합니다. 제가 대접에 차를 따라 마시는 이유와 동기가 같네요!

물론, 차를 아무렇게나 마셔도 된다고 역설하고 있지만 그래도 차를 마시는데 우아하게 멋을 좀 내고 싶으신 분도 계실 겁니다. 그렇다면 금장 테두리를 두른 아름다운 찻잔 손잡이에 손가락을 걸치고, 잔 받침을 다른 손에 들고 홀짝홀짝 차를 마시면 되는 일이지요! 앞에는 세트로 딸려있는 접시에 귀여운 디저트도 두고 말이에요.

저도 한껏 기분을 내어 차를 마시고 싶을 때는 그렇게 합니다. 티 매트를 깔고, 차 전용 모래시계도 꺼내고, 옆에 꽃도 좀 장식하고…. 요지는 '어떻게 차를 마시고 싶든, 그렇게 마시고 싶다면 그렇게 마셔도 좋다'입니다. 우아하게 서양 찻잔을 들고 공주처럼 차를 마시든, 사발 하나를 꺼내 막걸리처럼 들이켜든 말이지요. 사실 저는 편하게 차를 마시는 데 몸이 적응해 있는 케이스라 종종 서양 찻잔도 밥그릇처럼 집어 들고서 후루룩 마시곤 합니다. 멀쩡한 손잡이를 놔두고요.

***

이렇든 저렇든 차는 뜨거운 물에 우려 마시는 것, 그것뿐입니다. 여기서 하고 싶은 말이라면, 내 맘에 드는 멋진 찻잔은 있어도 '진짜 찻잔'이라는 건 없다는 것 정도일까요? 밥그릇이든 국그릇이든 박물관에서 기념으로 사 온 머그 컵이든, 무엇이든지 차를 담으면 찻잔이 됩니다.

시대별로 차 마시는 법은 항상 달랐습니다. 고대에는 찻잎과 물을 함께 주전자에 팔팔 끓여 마시는 자차법을 즐겼습니다. 이와 달리 찻잎을 구워서 가루로 만들어 물에 타 먹으면 점차법입니다. 근현대에는 찻잎을 주전자에 넣어 우려 마시는 포다법이 유행했고, 21세기의 차 마시는 법 중 가장 널리 유행하는 것은 티백법입니다. 잎차를 가지고도 집에서 간편하게 티백법으로 차를 마실 수 있는데, 인터넷으로 빈 티백을 사거나 집에 있는 다시백에 찻잎을 넣어서 티백을 만들면 됩니다. 그리고 머그 컵이든 밥그릇이든, 마음에 드는 곳에 차와 물을 넣은 다음 우려서 마시는 것이지요.

티백이 진짜 차가 아닌 것 같은 기분은 시대별로 내려온 온갖 다양한 차 우리는 방법 앞에서, 유구한 차의 역사 앞에서 별것 아닌 고민이 됩니다. 지금 사람들이 많이 마시는 방법이 바로 그 시대의 차 마시는 방법일 테니까요. 쉽게 요약해 드리자면 다음과 같습니다. 차는 '붓고, 마시기', 그 외의 규칙은 필요하지 않다는 것을 꼭 기억하세요.

한국인의 소울에 새겨진 차, 현미녹차

전국의 사무실 탕비실에 있는 바로 그 차. 동네 미용실에서 잡지와 함께 종이컵에 담겨 슥 내밀어지던 차. 한국에서 나고 자랐다면 한 번쯤 마셔봤을 누구나 아는 고소하고 개운한 차입니다. 물 온도며 시간에 크게 신경 쓰지 않아도 적당히 맛있고 따끈하게 홀짝이면 왠지 힘이 나지요. 언제나 일정한 맛이 나는, 기성품이 주는 안정감이 있어요.

차 정보

다류 / 녹차
산지 / 대한민국
수색 / 진한 노랑
향과 맛 / 구수한 풍미에 개운한 끝맛

어떻게 우릴까

찻잎 양 / 1티백
물의 양 / 1회 200ml
온도 / 정수기 뜨거운 물
시간 / 5분 이내로 까먹지 않을 만큼(대신 마시기 전에는 티백을 제거하기!)
어울리는 다구 / 머그 컵
추천 우림법 / 티백 우리기, 아이스 티

요즘다인 says

◦ 종이컵에 오래 담가두고 마시는 경우가 많지만, 도자기나 유리 소재의 컵을
   이용하고 일정 시간이 지난 후 티백을 제거하면 훨씬 맛있습니다.

◦ 주로 정수기 옆에서 가장 많이 만날 수 있는 차입니다. '그래서 어떻게 마셔
   야 좋은데?'라는 생각이 드신다면 정수기의 온수에 찬물을 9:1 정도 비율로
   살짝 섞어 우리는 쪽을 추천합니다. 물론 아니어도 상관없지만요.

◦ 의외로 찬물이나 얼음물에 바로 담가도 10여 분이면 꽤 맛있게 우러나더라
   고요. 고소한 아이스 티로 만나는 현미녹차는 또 다른 매력이 있습니다. 특히
   여름에요!

◦ 저는 최근 '티백 블렌드'를 시도하고 있습니다. 현미녹차와 탕비실에 있는 다
   른 티백을 같이 뜯어서 두 개를 함께 우리는데, 메밀차와 현미녹차를 섞어서
   더 구수한 풍미를 살린다거나, 페퍼민트를 같이 우려서 유사 모로칸 민트 티
   를 만드는 식이에요. 소소하고 재미있는 도전이니 한번 시도해 보는 건 어떨
   까요?

차 마시는 삶이 말해주는 것

차를 마시면 참 좋습니다. 당연한 말인데 신기한 말이기도 합니다. 재미있는 영화도 친구들에게 한두 번 권하고 마는데 유독 차는 자꾸 말하게 됩니다. "차를 드세요. 참 좋아요." 제가 이러고 다니다 보니 주변 사람들도 조금씩 차에 익숙해져 갑니다. 마셔본 차는 티백밖에 없더라도 잎차를 주전자에 우리는 모습을 낯설게 생각하지는 않게 되지요. 또, 차를 마시면 좋겠다고도 생각하고 기회가 되면 찻집에도 가보고 싶어 합니다.

무언가가 좋다고 느끼려면 근처에 그걸 하는 사람이 있는 게 최고입니다. 제 친구는 스트라빈스키며 무소륵스키 같은 러시아 작곡가들을 좋아하는데, 저는 소위 '유명 클래식 음악'과 좀 다른 걸 들어보고 싶어진 시점, 그 친구가 떠올라 그 작곡가들의 음악을 틀었습니다.

취미나 취향은 주변에 뭔가를 열렬히 좋아하는 사람이 있으면 따라갈 확률이 꽤 높습니다. 기능을 따져서 구매하는 가전제품도 '내가 쓰고 있는데 좋다'라고 친구가 추천하면 그 모델을 살 가능성이 높아지지요. 하물며 즐거움이 기준인 취미는 어떻겠어요? 그러니 친구가 옆에서 5년째 줄곧 마셔대는 차는 아무래도 '아, 꽤 괜찮구나' 싶어 보일 수가 있습니다. 저는 친구들에게 찻집에 간 이야기를 하고, 차 우리는 사진을 SNS에 올리고, 약속을 찻집에서 잡기도 하고, 누가 집에 오면 차를 대접합니다. 친구들은 차를 직접 마시지 않아도 옆에서 차를 무척 신나게 누리는 사람을 본 것이지요.

옆에 차를 마시는 사람이 있을 때 차가 좋게 보이는 이유는 간단합니다. 반복해서 보는 것만으로 호감을 가지게 된다는 노출 효과 이론까지 끌고 올 필요도 없지요. 그냥 그 사람이 차를 마시면서 참 잘 지내는 것을 보니까 차도 좋은 것 같다는 인상을 가지게 되는 것일 터입니다.

우울할 때 차를 마시고, 조금 힘들 때 차를 마십니다. 기분이 진정되지 않을 때 차를 마시고, 밤에 혼자 책을 보면서 차를 마십니다. 날씨가 좋을 때는 찻집에 나들이를 가면 좋겠다고 생각하고, 비가 오는 날에는 창밖으로 비에 젖은 풍경을 보면서 그날에 어울리는 차를 우려 마십니다.

보통은 차의 좋은 점을 말할 때 몸에 좋은 성분이 몇 가지가 포함되어 있고, 혈액 순환을 촉진하고, 그런 이야기를 하는 경우가 많다지만 여기에서만은 그러고 싶지 않네요! 항상 주장하는 것이지만 사업적으로 생각해 봐도 몸에 좋은 성분은 건강보조식품이 더 경쟁력 있고, 다이어트 효과로 말하자면 아마 차 마시기보다 개인 PT가 훨씬 나을 것입니다. 그렇다면 차는 이도 저도 아닌 별것 아닌 음료인가요? 아니요, 저는 그보다 차라는 그 자체, 다른 것과 비교되는 효과가 아닌 꼭 차라서 좋은 점을 이야기 나누어 보고 싶어요.

차 한 잔을 가만히 들여다보고 있으면 문득 느껴지는 고요한 마음의 울림이 있습니다. 찻상으로 내리쬐는 햇볕에 삶의 빈 공간이 채워지는 감각 같은 것이랄까요. '일상 속 힐링'이라거나, 좀 더 오래된 말로 '정신의 수양'이라고 해서는 다 전해지지 않는 그 소중한 시간은 다방면으로 인생을 풍요롭게 만듭니다. 그게 실제로 어떤 감각인지, 왜 차 마시는 사람들은 주변 사람들에게 자꾸만 차를 권하는지. 이번에는 그 이야기를 전하고 싶어, 차를 드시는 이웃분들의 답변을 모아보았습니다.

Q. 차의 매력은 무엇인가요?

"기본적으로는 맛있고 향이 좋아요. 작업 중에는 입이 심심하지 않아서 좋고요. 평소에는 편안하고 느긋하게 시간을 보내려고 마십니다."

"꾸준히 무언가를 하게 되었어요. 40그램, 100그램을 마시기로 계획하고 계속 기록하고 있습니다. 원래는 항상 한두 번 하다가 싫증이 나서 그만두곤 했는데 말이에요."

"저는 방을 깨끗하게 유지할 수 있게 되었어요. 찻상이 소반이라서 바닥에 앉아야 하는데, 머리카락과 먼지가 굴러다니는 바닥에 앉아 아름다운 다기의 풍부한 차 맛을 느끼고 싶지 않아서…. 그럼 머리카락만이라도 치우자 하는 김에 청소기를 돌리고, 그러는 김에 한 번 닦기도 하는 식으로요. 그걸 끝내고 나서 깨끗하고 환기가 잘된, 햇볕 드는 방에서 차를 마시면 무척 행복해요. 전에는 방 청소를 해도 잠시 뿌듯하긴 하지만 곧 또 더러워지겠지 싶어 허무했거든요. 지금은 청소가 행복한 차 마시기를 위한 단계라는 기분이 들어요."

"햇빛을 더 좋아하게 되었어요. 빛이 예쁜 순간을 포착할 수 있게 되었어요."

햇볕은 차를 좋아하는 사람들의 대답에 무척 자주 등장하는 단어입니다. 다양한 맛과 향, 브랜드별 차 종류, 다구에 관한 지식 같은 대답은 별로 나오지 않습니다. 물론 여러 가지 차를 마셔보는 것은 차를 좋아하는 사람의 기쁨이고, 여러 브랜드에서 나오는 패키지와 콘셉트를 즐기면서 차 우림법을 따르는 것도 즐겁기는 합니다. 하지만 그런 세세한 부분들은 문득 마이크를 들이대고 '차가 왜 좋으세요?' 하고 물었을 때 상대적으로 중요하지 않은 것 같습니다.

"차를 마실 때마다 친구들을 기억할 수 있어서 좋아요. 아쌈은 누가 좋아했지, 민트는 누가 보내달랬지, 이런 식으로…. 그리고 기분이 좋죠. 집 안에 쌓아둔 차를 보면, 아침 햇살을 받은 포트를 보면, 그리고 차를 마시면 기분이 좋아요."

차는 친구들을 오래 보게 합니다. 할 말이 없어도 차를 마시기 위해 만날 수도 있고, 방문한 가게 특유의 분위기가 기억에 남아 때때로 추억을 자극하는 장소가 되기도 하지요. 저는 차를 마시려고 찾아간, 그리고 차가 아니었다면 갈 일이 없었을 여러 가게들을 탐방하면서 제가 아는 세계가 넓어지는 것을 느꼈습니다. 그 잊을 수 없는 순간의 감각을 좋아합

니다.

"계절의 변화에 민감해졌고 그걸 즐기게 되었어요. 좋은 친구들을 만나고, 저만의 쉬는 방법이 있다는 것에서 안정감을 느끼고요. 자연광의 아름다움, 물건과 심미에 눈을 뜬 것도 좋네요."

"맛있는 걸 먹고 마시는 시간이 주는 행복감을 알게 되었어요. 가장 햇빛이 강한 오후 두 시에서 네 시의 티타임, 늦은 밤의 위로 같은 티타임, 두런두런 사람들과 둘러앉아 나누는 티타임 등 좋아지는 차 자리가 많아지면서 그때마다 썼던 다구, 차의 종류, 사람들의 이야기에 더 집중하게 되었어요."

차를 꾸준히 좋아하는 사람들은 차를 마시는 시간에 담긴 이야기와 그 시간에 느끼는 아름다움에 집중합니다. 또는, 삶에서 아름다움을 발견해 내는 법을 알아가는 것이 좋다고도 하지요. 그것은 아마 거창한 지식보다는 향기나 분위기에 감각을 내어주고 자신을 가만히 들여다볼 수 있는 시간일 겁니다. 목적이나 효율이 아닌 차를 좋아한다는 이유만으로 만나 선뜻 이야기를 나누면서 느끼는 평온하고 따뜻한 깨달음이겠지요.

그리고 삶의 굴곡에서도 차는 나를 위한 동반자가 되어줍니다. 중요한 면접 전날 밤, 저는 찻상을 준비해 그 앞에 앉았습니다. 예상 질문을 마지막으로 체크하고 컨디션 관리를 위해 일찍 잠들어도 모자랄 판에, 느긋하게 차를 마신다니 이해가 되지 않을 법도 하지요.

그러나 차를 우리는 모습을 한번 볼까요. 차를 우릴 때는 잠시 차 만드는 데 정신을 집중해야 합니다. 몇 달이나 열심히 준비한 질문 리스트는 잠시 잊고, 개완을 잡고, 물을 붓고, 한 바퀴 돌려 예열합니다. 물을 버리고 찻잎을 넣으면 향이 피어오르고, 다시 뜨거운 물을 부으면 차가 우러나기 시작하지요. 20초를 기다렸다가 따라내어 아직 뜨거운 차를 조심히 한 모금 머금는 데까지 다다르면 문득 마음이 차분해집니다. 가슴은 무척 뛰지만 그 리듬이 느껴집니다. '무시무시한 면접'에만 잔뜩 신경이 몰려있던 마음은 '지금 이렇게 찻잔을 손에 들고 있는 나'에게로 돌아옵니다. 그리고 쿵쿵거리는 심박 소리와 함께 생각은 한 발 더 나아가, 아마 면접 후에도 여전히 시간은 가고 나는 계속 살아가리라는 데까지 미칩니다. 면접을 열심히 준비했으니 내일은 일정대로 그걸 하자고. 마치 지금 이렇게 충실하게 차를 우리듯 말이지요. 삶의 중심이 내 마음 한가운데 위치한 기분이 들어 한결 차분해지면서 잠도 푹 잘 수 있었습니다.

또 무척 슬플 때. 어느 겨울, 눈구름이 드리운 2월 오후였습니다. 혼자서 집에 있는데 문득 사람들이 너무 보고 싶고 외로워서 그만 울음이 나올 것 같았습니다. 차를 마시려면 따뜻한 물을 끓여야 하지요. 날은 어둑어둑하고 집안은 썰렁해서 무척 쓸쓸했지만, 일단 차 판을 식탁으로 옮겨오고 익숙한 도구들로 차를 우려 천천히 한 시간쯤 마십니다. 차와 함께 시간이 흐르고 나면, 아무와도 이야기하지 않았고, 집에는 혼자뿐이고, 한 것은 차 마시기뿐이었는데도 왠지 기분이 나아집니다.

놀라운 일 같지만 그렇게 갑자기 찾아오는 마음의 슬픔을 다들 한 번씩은 겪어보셨을 테지요. 그런 마음의 위기에, 내가 곧장 움직여서 좋아지는 일이 있다니 그것은 참 다행입니다. 저는 차를 마시면서 잘 지내는 것으로 주변 사람들에게 차의 좋음을 보여주었지요.

그리고, 차가 아니라 다른 무엇이든 마찬가지입니다. 성취도, 꿈도, 인생의 중대한 기로도 결국 삶 안에 있습니다. 사건 하나는 나의 긴 삶에 비하면 결국 별것 아니겠지요. 원하는 방향으로 살아간다면 결국 그 살아가는 모습이 나를 증명해 줄 겁니다. 그러니 실패나 실수라고 느끼는 순간이 오더라도 낙심하지 말아요. 하루하루 살다보면 삶은 나를 증명합니다. 나는 사는 모든 날들로서 내가 된 것입니다.

　그때 그렇게 열심히 준비했던 면접은 안타깝게도 떨어졌습니다. 그러나 지금 생각해 보면, 저는 원하는 길을 향해 또 다른 방식으로 나아가고 있고, 그때 바랐던 것과 지금 바라는 것, 그때 보았던 세상과 지금 보는 세상이 다르다는 것을 알고 있습니다. 면접 전날의 저는 차를 마시며 속으로 이 점을 느껴서 마음이 편해졌던 것이 아닐까요. 무척 중요해서 몇 달 동안 준비했던 노력의 시간은 결과가 어떻든 사라지지 않습니다. 한 발 물러서 보면 인생에는 더 큰 궤적이 있어 우리는 여전히 자신으로서 살아가고 있고요.

영혼의 사우나, 보이숙차

타닥타닥 불규칙한 소리를 내며 조용히 타오르는 군불, 모락모락 오르
는 김은 너울대고 은은하게 몸을 데우는 젖은 나무 냄새. 도로록 찻물을
따르는 소리가 유난히 따뜻하게 파고듭니다. 지친 하루를 보낸 날 집에
돌아와 노란 조명을 켜고 앉아 한 모금씩 들이켜다 보면 몸도 마음도 노
곤노곤. 아무것도 달라지지 않았지만 개운해진 마음으로 따뜻하게 잠
에 듭니다.

차 정보

다류 / 보이차

산지 / 중국 운남성

수색 / 갈색빛이 감도는 어두운 붉은색

향과 맛 / 묵직하게 가라앉은 젖은 나무
향에 이어지는 흑설탕 같은 단맛

어떻게 우릴까

찻잎 양 / 4g

물의 양 / 1회 100ml

온도 / 금방 끓인 물 사용

시간 / (세차 7초)-물을 붓자마자 바로-5
초-5초-10초-이후 점차 시간 늘리기

어울리는 다구 / 개완

추천 우림법 / 동양 차 우리기, 밀크 티

요즘다인 says

◦ 의외로 팔팔 끓여 밀크 티로 마셔도 별미랍니다. 홍차와는 다른 묵직한 맛을
즐길 수 있어요!

◦ 이건 일급 기밀인데, 음주 후 마무리로 숙차를 한 잔 마시면 해장 차가 됩니
다. 다음 날 좀 더 깔끔하게 일어날 수 있어요! 하지만 무리해서 마시면 오히
려 독이니 적당히 마십시다.

차를 시작하기 전 알아두면 좋은 다구들

°차호(茶壺) = 호(줄임말), 다관(茶罐), 찻주전자

: 뜨거운 물과 찻잎을 넣어 차를 우려내는 도구입니다. 일반적인 찻주전자 모양을 생각하시면 됩니다. 보통 동양 차를 우리는 찻주전자를 차호, 호, 다관이라 부르고, 서양 차는 찻주전자, 혹은 티 포트라고 합니다.

°자사호(紫沙壺)

: 차호 중에서 자사(紫沙)라는 광석을 이용해 만든 것을 자사호라고 부릅니다. 중국 강소성 의흥 지방의 특산품으로 유약을 바르지 않고 만들어, 사용할수록 차의 맛이 배어드는 특징이 있습니다.

°개완(盖碗)

: 뚜껑이 있는 찻잔으로, 차를 간편하게 우려 마실 때 차호 대용으로 사용하곤 합니다. 차 맛을 있는 그대로 보여주기 때문에 테이스팅 등에서도 자주 사용합니다.

°숙우(熟盂) = 공도배(公道杯)

: 차 우릴 물을 미리 따라서 식히거나, 우린 찻물을 옮겨 담아 찻잔에 나눠 따르는 데 씁니다. 물이나 찻물을 옮기는 용도이기 때문에 뚜껑이 없는 찻주전자 같은 모양을 많이 볼 수 있습니다. 유리로 된 숙우는 따라낸 찻물의 색깔을 감상할 수 있다는 장점이 있습니다.

°퇴수기(退水器)

: 물을 버리는 그릇입니다. 찻잔을 덥힌 물을 비우거나, 더 마시고 싶지 않은 차를 부을 때 씁니다.

°다하(茶荷)

: 마른 찻잎을 덜어 놓는 작은 그릇입니다. 차 통에서 그날 마실 만큼 찻잎을 덜 때 계량용으로, 또 덜어낸 찻잎을 감상하는 용도로도 쓰입니다.

°호승(壺承)

: 다관, 개완 등 차를 우리는 도구를 받치는 접시입니다.

°인퓨저(Infuser)

: 티백과 같은 역할을 하는 작은 거름망으로, 안에 찻잎을 넣고 티백처럼 찻주전자나 잔에 담그면 됩니다. 머그 컵과 인퓨저 하나로 손쉽게 잎차를 마실 수 있습니다.

°표일배(飄逸盃)

: 거름망이 내장된 찻주전자로, 차를 우리다가 버튼을 누르면 우려낸 찻물이 간단히 분리됩니다. 찻주전자, 숙우 등 여러 차 도구를 갖추지 않아도 표일배 하나만으로 어디에서든 편하게 마실 수 있는 것이 장점입니다.

°다완(茶碗) = 차완(茶碗), 완(줄임말), 차 사발

: 차를 담아 마시는 잔으로, 현대에는 보통 말차를 마실 때 사용합니다.

°차선(茶筅)

: 말차를 저어서 거품을 내는 데 쓰는 솔입니다. 보통 대나무를 얇게 쪼개어 만듭니다.

°차시(茶匙)

: 말차를 차통에서 다완으로 덜 때 쓰는 숟가락입니다. 보통 대나무로 만듭니다.

2장 세상만사

달콤 쌉싸름한 다인의

차 문화 예찬

팀장님, 오늘은 차 마시고 싶으니 휴가 쓰겠습니다

그러니까, 약 한 달을 꼬박 야근하던 어느 날이었습니다.

"도저히 못 참아. 차를 마셔야겠어."

저녁 식사도 거르고 일하다 시침이 두 자릿수를 가리키고도 한참 지나서야 털레털레 회사를 나서며 중얼거렸습니다.

곧장 집으로 와 외투만 벗어 던진 채로 우유 한 잔을 벌컥벌컥 마시고는 물을 끓였습니다. 끼니를 제대로 챙겨 먹지 않은 것도, 내일의 출근을 위해서는 곧 잠자리에 들어야 하는 것도 당시의 저에게는 하나도 중요하지 않았습니다. 오로지 지금 당장 차를 마시겠다는 집념만으로 물을 끓이며 차와 잔을 고르는 시간 1분, 다기를 덥히고 차가 우러나는 시간 약 3분 만에 한밤중의 차 자리를 펼쳤습니다. 그러고는 자리를 잡고 앉아 느긋하게 향과 맛을 즐기며 한 주전자를 끝까지 비워냈지요.

그날 야근 후 마신 차는 무척이나 감동적이었습니다. 제가 가진 것들

중 가장 비싼 차도 아니었고, 인생 최고로 맛있게 우린 차도 아니었지만 마지막 한 방울까지 만족스럽지 않은 순간이 없었을 정도였습니다. 저도 모르게 '아, 살 것 같다' 하며 크게 심호흡을 하고 나서야 비로소 왜 이렇게 간절하게 차를 마시고 싶었는지, 무엇이 부족했는지 인지하게 되었습니다.

연이은 야근으로 수면 시간이 부족한 것도 아랑곳하지 않고 야밤의 카페인 섭취를 단행했습니다. 30분의 시간을 단잠보다 티타임으로 쓰는 게 더 소중한 날이었거든요. 차를 꼭 마셔야 할 만큼 카페인 중독인지 물어본다면 썩 그렇지도 않습니다. 바쁘거나 컨디션이 떨어질 때는 며칠씩도 마시지 않는걸요. 그 순간 저에게 가장 필요하고 간절했던 것은 바로, '내가 좋아하는 것을 즐길 수 있는 여유'였습니다.

일상이 괴롭지 않은 직장인이 어디 있겠습니까. 일과 사람에 이리저리 치이는 생활을 평소에는 그럭저럭 견디고 넘어갈 수 있어도, 그 정도가 과해져 심신이 모두 지쳐갈 때면 돌연 허탈하고 허무해집니다. 내가 무슨 부귀영화를 누리려고 이러고 있나, 이런다고 무엇이 달라지나. 다 먹고살기 위해 일하는 것인데, 제대로 먹고 제대로 살고 있는지도 모르겠지요.

제가 겪은 직장 생활의 딜레마는 그랬습니다. 지갑이 전보다 두둑해지니 더 풍요롭게 살 줄 알았는데 남은 것은 피로에 찌든 몸과 마음, 턱없이 부족한 시간뿐이고, 꿈꾸던 여유로운 생활과는 점점 멀어지는 기분이었지요. 개운하게 스트레스를 풀 만한 시간적 여유도 없어서 충동적으로 무언가를 사버리는 것으로 대체해 버렸고요. 맛있는 차들이 상미 기한을 넘기고 점점 바스락거리는 낙엽이 되어가는 것을 맥없이 지켜보는 수밖에 없었습니다.

하지만 1년에 한두 번, 운이 좋게도 날씨가 화창하고 공기도 맑은 데다 할 일도 많지 않은 마법 같은 날을 만나면, 출근했다가도 오후 반차를 쓰고 차를 마시러 나가곤 했습니다. 혹시 이직을 준비하는 중이라면 미리 말해달라는 팀원들의 농담 섞인 말을 뒤로하고, 유유히 회사 밖으로 걸어 나가 한낮의 볕을 쬐며 한가로운 공원을 잠깐 산책했습니다. 좋아하는 찻집에서 맛있는 차를 마시며 느긋하게 시간을 보낸 후, 맛있는 디저트를 한두 개 사 들고 집에 돌아와 달달하고 포근하게 하루를 마무리했습니다.

실은 얼마 전에도, 궁금했던 티 코스를 평일로 예약해 하루 연차를 사용하고 친구와 다녀왔습니다. 기대했던 만큼 재미난 차들을 맛볼 수 있어 아주 즐거웠답니다. 그리고 나서도 이대로 마무리 짓기에는 아쉬워 다른 찻집을 찾아갔습니다. 환한 볕이 들어오는 밝고 정갈한 찻집이었는데, 평일의 찻집은 찾아가는 길도 여유롭고 더 한가로운 분위기거든요. 다른 손님 없이 고요한 가운데 수다를 떨며 차를 홀짝이다 보니 이런 말이 저절로 나왔습니다. "평일에 정갈한 찻집에 와서 차를 잔뜩 마시는 건 정말 호화롭고 좋아요." 아무것도 하지 않고 느긋하게 차를 마시는 데 몇 시간을 쓰고, 그 시간 내내 즐거워하기만 하니 얼마나 기꺼운 사치인가요!

***

다도는 사무실에서도 할 수 있습니다. 각자의 환경과 처지에서 나름의 방식으로 차를 즐기고 마음을 다듬는 것이 다도라면 사무실이라고 못할 것도 없지요. 짬을 내어 텀블러에 티백 하나를 퐁당 우려 마시는 것은 제대로 된 다도가 아니라고 혀를 차기에는, 삭막하고 피곤한 사무실에서의 차 한 모금이 주는 정신을 맑게 하고 나를 정돈하는 효과를 부정할 수 없어요. 그러나 평소 사무실 다도를 즐기는 사람이라도, 그것만으로 충분하지는 않습니다.

사무실에서는 일하는 틈틈이 텀블러 하나 가득 우려둔 차를 홀짝거리고, 퇴근 후에는 기분을 내어 예쁘게 차를 내려 마셔도, 한낮의 자연광을 만끽하며 느긋하게 차 마시는 시간이 그립습니다. 사람이 북적이지 않는 한가로운 평일 낮의 찻집이 간절하고요. 추운 겨울날 주머니의 핫팩은 전기 장판보다 못하고, 학창 시절 수업 도중의 쉬는 시간은 방학보다 못하니까요. 그렇다고 해서 핫팩이나 10분의 쉬는 시간이 아무 소용없어지는 것은 아니지요. 사무실 다도와 차를 위한 휴가도 같은 맥락입니다.

정말 필요한 것은 일상의 혼탁한 공기에서 충분히 맑은 공기를 오래, 그리고 많이 마실 수 있게 해주는 도구인데 제게는 그게 '차'였습니다. 차를 마시면 이런 점이 좋았거든요.

차는 일단 맛있습니다. 얼마나 맛있냐면 집중하게 될 만큼 맛있습니다. 잘 생각해 보면, 사람이 무언가를 먹고 마실 때 집중하는 경우는 잘 없습니다. '그냥 이런 맛이구나' '배가 불러온다' 하면서 먹을 때가 많지 않던가요? '무언가를 먹을 때 내가 어떻게 하고 있었지' 하고 문득 의문이 든다면, 그 자체가 이미 그 시간이 인상 깊지 않음을 반증하는 것입니다. 이와 달리 차를 마실 때는 감각에 집중을 합니다. 입술에 닿으며 처음 입안에 들어오는 순간부터 목 넘김 이후의 여운까지 감각의 가로축, 세로축, 또 시간축까지 온갖 방면의 자극이 가득하거든요. 그리고 머릿속을 열심히 뒤져 지금 이 느낌을 표현할 단어, 인상, 비슷한 기억, 경험들을

일깨웁니다.

그렇게 지금 이 순간의 감각에 집중하다 보면 내가 오롯이 나 자신에게만 신경을 쏟고 있다는 점을 눈치챌 거예요. 이 차를 마셨을 때 나는 어떤 감각을 인지했는지, 저 차와 비교해서 어떤 부분이 마음에 들었는지, 이런 것들부터 시작해 볼까요. 같은 차를 마셔도 어제보다 오늘이 좋았다면 그건 날씨 때문인지 아니면 다구의 차이에서 비롯되었는지 곰곰이 생각해 보고요. 그러다 보면 과거의 나를 지금 여기로 불러와 대화를 나눠볼 수도 있지요. 이런 경험들이 하나둘씩 쌓이면 취향의 지도를 만들 수 있습니다. 취향의 지도를 가지고 있으면 어느 때라도 즐거움으로 가는 길은 좀 더 짧아지고 원하는 것도 분명해져요. 스스로를 행복하게 만드는 방법을 확실히 알고 있으면 힘든 상황을 거칠 때에도 제법 든든하게 힘이 되어준답니다.

순간에 기꺼이 집중하도록 만드는 것은 꽤 많이 중요합니다. 그 순간 나에게 가장 중요한 것의 우선순위가 완전히 달라지지요. 심지어 내가 원해서 집중하는 시간이니 그 효과는 좀 더 강력합니다. 편안한 자연광과 잔잔한 음악, 좋은 풍경처럼 즐거운 환경이 갖추어져 있다면 금상첨화예요. 이렇게 나를 둘러싼 기분 좋은 것들과 그것들이 주는 감각에 집중하다 보면 당연히 일상에서 나를 괴롭히는 생각들이 기세를 못 펴고 물러나 있지 않겠어요? 바로 그렇기 때문에 가끔씩은 편안한 곳에서 좋아하는 차를 느긋하게 마시며 복잡한 머릿속과 무거운 마음을 비우는 시간이 필요합니다.

내가 온전하게 행복해지는 시간을 한껏 누릴 수 있는 여유와 만족감이 있어야 인간은 힘을 내서 살아갑니다. 제게는 그런 시간을 만들어 주는 확실한 활동이 있고, 그게 무엇인지도 알고 있습니다. 그리고 그것이 차라서 더 좋습니다. 저는 언제 어디서나 차를 마시며 일상 속 비일상적 감각을 찾을 수 있고, 때로는 일상에서 더 멀리 벗어나기 위해 차만을 위한 시간을 따로 마련할 테니까요.

훌쩍 떠나자, 대만 고산차

깊은 숲과 험한 바위를 휘감는 바람, 시원하게 떨어지는 계곡의 폭포, 손에 닿을 듯 가까운 구름 벌판. 입 속에서 펼쳐지는 해발고도 1,500미터의 광활한 정경은 답답한 마음을 청명하게 바꿔줍니다. 구슬처럼 돌돌 말려있던 찻잎이 펴지는 모습을 지켜보는 재미는 덤.

차 정보

다류 / 청차
산지 / 대만
수색 / 맑은 노랑 연두
향과 맛 / 청아한 향과 깊은 감칠맛

어떻게 우릴까

찻잎 양 / 4g
물의 양 / 1회 120ml
온도 / 금방 끓인 물 사용
시간 / 15초-10초-10초-15초-20초
어울리는 다구 / 개완, 다관
추천 우림법 / 동양 차 우리기, 아이스 티

요즘다인 says

◦ 번잡한 도시 속 혼탁한 사무실을 떠나 초록의 나무와 은은하게 물이 흐르는
계곡에서 마시면 완벽한 물아일체!

◦ 대만 고산차는 국내에서 취급하는 찻집들이 꽤 있는 편이에요. 대만차 전문
점이라는 간판을 단 가게에서 자세한 설명과 함께 다양하게 맛볼 수 있으니,
관심이 있다면 꼭 도전해 보시길.

사무실에서 다도를 하는 사람이 있다고?

사무실에 출근하자마자 하는 아침 루틴이 있습니다. 우선 컴퓨터가 켜지는 동안 손을 씻고 와서 밀린 메일과 다이어리를 확인하고요. 지금 당장 처리해야 하는 시급한 일이 없다면 기분 좋게 차가 담긴 서랍을 엽니다. 찻잎 두 스푼을 덜어 다시백에 야무지게 담고, 도자기 텀블러와 유리병을 들고 정수기로 향합니다. 따뜻한 물을 담아 텀블러와 병을 데우며 가볍게 헹궈내고, 유리병에 다시백을 넣은 채 곧장 뜨거운 물을 콸콸 붓습니다. 자리로 돌아와 키보드와 마우스를 물티슈로 닦으며 2~3분 정도 기다리고, 우러난 차를 다시 도자기 텀블러에 옮겨 부으면 끝. 오전 내내 마실 차가 완성됩니다. 유리병은 달리 표현할 말이 없어 유리병이라고 했지만 짧은 주둥이가 있어 딱 사무실에서 쓰기 좋은, 찻주전자의 가장 모던한 형태라고나 할까요. 취직도 하기 전에 이걸 미리 사뒀던 스스로의 혜안에 매일 감탄하며 유용하게 사용하고 있습니다.

제가 매일 아침 차를 마시는 이유는, 이렇게 차를 준비하고 우리는 동안 생각을 정리하고 마음을 다잡을 수 있기 때문입니다. 오늘의 할 일은 어떤 것들이 있고, 우선순위가 어떻게 되며, 이걸 해결하기 위해 누구와 어떤 이야기를 나누어야 하는지 차근차근 떠올려 봅니다. 그리고 차분한 마음으로 일을 시작할 수 있도록 출근 후 잠깐 숨 고르기를 하고, 혹시 누군가 업무 도중 나를 화나게 해도 정중하고 성숙하게 대해야지 다짐합니다. 현대의 직장인을 위한 빠르고 간단한 정신 수양 꿀팁으로 소개해도 되겠네요.

눈치채셨나요? 저는 회사에서 단 하루도 빠지지 않고 차를 마시고 있습니다. 심지어 오후에도 마시지요. 다만 오후에는 업무가 끝나면 재빠르게 퇴근하기 위해서 도자기 텀블러에 티백만 퐁당 담급니다.

그런데 이상하지요. 팀원들은 이 모습을 매일 보는데도 제게 취미가 무엇이냐 주말에는 주로 뭘 하냐 묻고, 제가 차를 마신다고 대답하면 매번 놀랍고 새로운 정보라는 듯이 반응하기 때문입니다.

"다도? 혹시 한복 입고 조신하게 앉아서 하는 그거?"
"에이, 설마요. 젊은 아가씨가 그러겠어요. 호텔 가서 애프터눈 티 마시겠죠. 그렇죠?"
"아아, 그거. 비싼 취미를 가졌네."

저는 그냥 차를 마신다고만 말했는데 벌써 팀원들끼리 의견을 교환하고 결론을 내리는 걸 보면서 어떻게 반응해야 좋을지 고민합니다. 아니라고 설명해 줄까, 대충 그렇다고 말하고 넘길까. 그러다 마침내 왜 차를 마신다는 말이 곧장 '한복 입고 하는 다도'나 '비싸고 화려한 호텔 애프터눈 티'로 연결되는지 생각에 빠집니다.

***

딱히 차에 큰 관심을 두지 않는 사람들도 누구나 차의 역사가 오래되었다고는 짐작할 겁니다. 하지만 알고 보면…. 상상 이상으로 오래되었습니다. 중국의 신화 속에 등장하는 내용을 제외하더라도 주나라 때 이미 차를 공납했다는 기록이 남아있고, 당나라 때 쓰인 최초의 차 전문서적 《다경(茶經)》을 계기로 차가 한반도를 비롯한 주변 국가에 전파된 게 벌써 1,200여 년 전이네요.

바로 그 오랜 시간 동안 차는 끓여 마셨다가, 갈아서 거품을 내어 마셨다가 하는 식으로 방법도 수차례 바뀌었고, 차를 마실 때 사용하는 도구도 그에 따라 계속 변화했습니다. 당연히 시대에 따라 절차나 형식, 예법도 달라졌지요. 요즘 사람들이 생각하는 '클래식'한 차 마시는 방법, 그러니까 한복을 입고 조신하게 우리는 다도법이나 애프터눈 티로 대표되는 화려한 서구 살롱의 티는 유구한 차의 역사상 아주 최근의 모습에 불과합니다.

그리고 이런 형태로 차 문화가 성행한 이후 현대의 차의 모습은 또 얼마나 달라졌는지요. 요즘은 누구나 근처의 아무 카페에 들어가도 밀크티나 녹차 정도는 주문할 수 있습니다. 티백이 세상에 나온 지도 한참 되었고, 회사 탕비실의 기본 구성은 노란 커피믹스와 현미녹차 티백입니다. 그러니까 일반적으로 사람들이 차를 마시는 방식은 주로 손잡이 없는 컵에 티백을 넣는 것이지요. 그런데도 많은 사람들은 차를 마신다고 하면 앞서 나열한 '한복 다도'와 '살롱의 애프터눈 티'를 먼저 떠올리고, 차를 멀고 어렵게 느끼고 있습니다. 차는 생각보다 가까운 곳에 있는데도요.

다원성, 다양성의 가치가 부각된 현대사회에서 사람들은 굉장히 다양한 생활 방식을 가지고 있습니다. 각자의 처지가 다르니 필요한 심적 안정감도 다르고, 가질 수 있는 금전이나 시간적 여유도 다릅니다. 이렇게 다양한 환경의 사람들에게 천편일률적인 다도나 차 문화를 적용할 수 있을까요? 그래도 될까요? 이 시대의 차 문화는 특히나 어느 한 가지로 정의할 수 없는 것 같습니다.

그러니 그저 각자의 상황에 맞춰 할 수 있는 방식으로 차를 즐기고, 차를 통해 중심을 잡을 수 있으면 그것으로 충분합니다. 주중과 주말이 다르고, 아이와 어른이 다르고, 학생과 직장인이 다르지요. 이런 모든 개별적 요소를 고려하면, 이 시대에 차를 어떻게 마셔야 하냐는 질문에 대한 해답은 결국 '차를 왜 마시나요?'라는 물음으로 돌아갑니다.

차를 마시는 이유는 과거의 차 문화를 그대로 따라 하고 싶어서가 아닙니다. 나를 행복하게 만드는 매개가 차라서 그렇습니다. 그러니 마음껏 즐기기 어려운 환경에서도 할 수 있는 만큼 짬을 내고 궁리하여 적당한 방식을 취하는 것으로 충분합니다. 모든 사람들에게는 각자에게 맞는 방식이 있으니까요.

제 경우를 예로 들어보겠습니다.

1. 저는 직장인이라 번거롭지 않게 하나의 텀블러와 하나의 유리병만으로 간단하게 차를 우리고 즐길 수 있는 방식을 택했습니다. 그리고 업무 도중 차를 마시겠다며 20~30분씩 시간을 낼 수 없으니 한두 종의 차를 벌크로 사서 사무실에 두고, 차를 마시면서는 머리와 마음을 정리하는 것에 집중했습니다.

2. 대신 주말이나 휴일이면 차를 마시기 위해 번거로운 것들을 굳이, 그 것도 최선을 다해 합니다. 조심히 다루어야 하는 차 도구들을 늘어놓고 요리조리 위치를 바꿔가며 어떤 조합과 배치가 더 보기 좋을지 궁리합니다. 차 도구에 따라 맛이 어떻게 달라지는지 알기 위해 실험도 해보고요. 설거짓거리가 늘어나는 것은 안중에도 없습니다.

3. 몇 년 전의 저는 대학생이었습니다. 금전적으로 넉넉하지는 않았지만 시간이 많았고 이래저래 선물받은 차도 많았지요. 자취방에 있는 다기라 고는 인터넷 최저가로 구한 유리 숙우와 기본형 티포트 각각 하나, 그리 고 본가 부엌장에서 가지고 온 찻잔 두 조뿐이었습니다. 그래서 다양한 차를 마시며 그 맛에 최대한 집중하는 방식을 택했습니다. 오랜 시간을 들여 차의 생김새며 향, 맛, 입안에서 느껴지는 질감까지 세세하게 찾아 내서 기록했습니다.

완전히 다른 세 방식으로 차를 마셔보았지만, 모든 방식에서 공통적 으로 마음의 안정을 찾을 수 있었습니다. 화가 났을 때 마시면 차분해지 고, 날씨가 좋을 때 마시면 즐거워지고, 초조할 때 마시면 편안해지고, 머 리가 복잡할 때 마시면 개운해졌지요. 이런 경험들이 반복되자 마침내 차 를 마시는 그 자체에서 오는 만족감이 심리적, 정신적 편안함으로 이어졌 습니다. 저는 이 감각을 부르는 행동과 마음을 통틀어 '나도(茶道)'라고 말 합니다.

누군가 편안하고 만족스럽게 차를 마신다면, 그로 인해 마음의 안정 을 찾고 자신을 돌아보고 보살필 수 있다면, 형식이 달라져도 '차(茶)' 안

에는 여전히 '도(道)'가 있을 겁니다.

***

　제가 일하는 사무실은 같은 층에 있는 사람들이 모두 하나의 탕비 시설과 휴식 공간을 공유하는 구조인데, 얼마 전 제가 있는 층으로 이사 온 한 분이 심상치 않습니다. 아침에 차를 우릴 따뜻한 물을 받으러 갈 때마다 배낭에서 주섬주섬 드립용 주전자와 필터 등을 꺼내 능숙한 손놀림으로 핸드드립 커피를 내리는 모습으로 마주치거든요. 한번은 동료 직원과 이야기를 나누면서도 손은 익숙한 듯 움직여 곱게 간 원두를 부풀리는 것을 보고 속으로 감탄한 적도 있어요.

　그분도 저와 같은 마음에서 시작했을 거라고 감히 짐작해 봅니다. 좋아하는 것과 필요한 것, 할 수 있는 것과 포기할 수 없는 것들 사이에서 고민하며 일터에서 자신을 챙기는 시간과 행동을 만들었겠지요. 집에 모든 장비와 재료가 갖추어져 있는데도 구태여 그것을 사무실까지 또 주섬주섬 챙겨오는 정성은 제가 차를 대하는 정성과 본질적으로 동일합니다.

　그러고 보니 내일부터 새로운 프로젝트가 시작되네요. 또 새로운 차를 회사에 가져다 둬야겠어요.

3분 만의 힐링 마법, 잉글리시 브렉퍼스트

'브렉퍼스트'라는 이름답게 아침을 깨우는 깊은 바디감과 혀를 살짝 조여들게 하는 떫은맛을 진하게 뽑아낸 홍차. 향과 맛으로 즐거운 자극을 주면서도 피곤한 몸과 마음을 깨우는 맛있고 소중한 사무실 필수재.

차 정보

다류 / 홍차

산지 / -

수색 / 주황빛이 감도는 적갈색

향과 맛 / 싱그러운 꽃 향과 진한 몰트 향의 조화, 우유가 어울리는 묵직한 맛

어떻게 우릴까

찻잎 양 / 3g (또는 1티백)

물의 양 / 1회 300ml

온도 / 금방 끓인 물 사용

시간 / 3분

어울리는 다구 / 티포트와 서양 찻잔, 머그 컵

추천 우림법 / 서양 차 우리기, 밀크 티, 아이스 티

요즘다인 says

∘ 사무실에서 간편히 마시기 가장 좋은 차에 속합니다. 회사의 차 상자에 떨어
지지 않게 꾸준히 챙겨두세요!

∘ 브렉퍼스트는 다양한 찻잎을 일정 비율로 섞은 블렌디드 차가 대부분입니
다. 브랜드마다 각각 다른 미묘한 맛의 차이를 느껴보세요! 입맛에 맞는 브렉
퍼스트를 찾기란 의외로 까다롭지만 꽤나 즐거운 일입니다.

삶의 질을 올려주는, 잘 샀다 싶은 물건들이 있습니다. 최근 제가 가장 만족을 느끼는 세 가지를 말하자면 블루투스 키보드, 음악 감상 전용 스피커, 그리고 모래시계입니다.

블루투스 키보드는 언제 어디서나 글을 쓸 수 있게 해줍니다. 핸드폰 자판으로도 줄글을 못 쓰는 것은 아니지만, 찻상이든 거실이든 마음에 드는 곳에서 긴 글을, 열 손가락의 자유로운 타자로 써 내려가자니 기분이 좋은 것은 당연하고 문장도 훨씬 풍부해지는 듯하더라고요.

스피커는 음악 듣기를 좋아하는 제게 사실상 필수 가전이었습니다. 하지만 보통 사람들이 대개 이어폰과 핸드폰 내장 스피커로 그럭저럭 잘 지내고 있으니, 저도 그럴 줄로만 알고 몇 년이나 미루다가 구매했지요.

저는 음역대나 음질, 소리의 풍부함에 신경을 쓰는 사람이어서, 스피커를 산 첫날부터 너무나 기뻐서 방의 여기에도 놓아보고 저기에도 놓아보았습니다. 소리가 가장 잘 울리는 위치는 어디인지, 테스트하고 싶은 음악들을 죄다 틀며 이 사랑스러운 스피커가 제공해 주는 부드럽고 탄탄

한 소리에 반해 한 시간을 훌쩍 넘게 보냈습니다.

좋은 스피커는 현대 기술의 멋진 결정체입니다. 원래 소리는 그 소리가 나는 곳에서만 들을 수 있었는데, 현대 음향 기술은 소리를 녹음하고 또 재생할 수 있게 해줍니다. 생각해 보면 스피커는 놀랍습니다. 무슨 용을 써도 피아노로 바이올린 소리를 낼 수 없고 큰북으로 심벌즈 소리를 낼 수 없는데, 스피커는 그 작은 기계 안에 무엇이 들었는지 세상의 모든 악기와 모든 목소리를, 녹음된 파일만 있다면 소리로 만들어 내니까요.

핸드폰 액정에 글자가 나타나게 하는 기술이며 무선 통신은 또 얼마나 놀라운가 생각하면 지금 제가 글을 쓰고 있는 이 블루투스 키보드도 그야말로 첨단 기술입니다. 이렇듯 유용한 현대 기술은 인간의 삶의 질을 높입니다.

그리고 모래시계도요.

***

모래시계는, 블루투스 키보드와 음악 전용 스피커보다도 제가 가장 최근에 구매한 물건입니다. 스테인리스 스틸 프레임에 유리 몸체가 고정되어 있고 책상에 닿는 양쪽 끝 판에는 미끄럼 방지 고무 스펀지가 붙어 있습니다. 유리 몸 안에는 하얀 모래가 들어있어서, 시계를 들어서 엎기만 하면 3분을 잴 수 있지요.

이 모래시계는 정말 간편해서 차를 우릴 때 3분을 재려면 그저 놓여 있던 곳에서 거꾸로 엎어두기만 하면 됩니다. 모래가 다 떨어지면 차가 다 된 것이니까 그대로 마실 수 있습니다. 충전을 할 필요도 없고 고장도

나지 않으며 깨뜨리지만 않는다면 거의 영구적으로 쓸 수 있습니다. 알람 해제 버튼도 시간 설정 버튼도 필요 없이, 사용에 불필요한 동작을 최소한으로 줄인, 오직 사용자의 편의만을 고려한 인류의 첨단 기술이지요. 저는 그 전까지는 차 우리는 시간을 재기 위해 핸드폰 타이머를 쓰고 있었는데, 이 모래시계를 티타임에 들이고는 그야말로 블루투스 키보드와 음악 전용 스피커 구매에 맞먹는 쾌적함과 편리함, 사용의 기쁨을 맛보았습니다.

모래시계. 블루투스와 디지털 음향 기술에 비하면 수천 년 전에 이미 개발되었던, 시계 중에서도 가장 아날로그 방식. 이 모래시계는 왜 제게 현대 첨단 기술을 사용하는 만큼의 기쁨을 주었을까요?

그 비밀은 제가 차를 우릴 때 모래시계를 사용한다는 데 있습니다.

***

동양 차, 서양 차를 막론하고 차를 우리는 데는 고유한 절차와 방법이 있습니다. 동양식으로 차를 우리려면 먼저 차호나 개완을 준비해야 합니다. 또, 물을 식히거나 우린 차를 담을 때 사용하는 숙우, 덥힌 찻물을 버릴 퇴수기와 차 판, 찻잔, 물을 닦을 차 수건 등이 필요합니다.

이 모든 도구들을 먼저 손이 잘 닿으면서 사용하기 적당한 위치에 놓고, 더운물을 부어 다구를 예열하는 것부터 시작합니다. 첫 차에 닿는 물은 가볍게 씻어버리고 다구들에 향을 지나가게 한 다음 온도가 맞는 물로 차를 우려야겠지요.

서양 차는 동양식에 비하면 비교적 간단한 것 같지만 꼭 그렇지도 않습니다. 여기서도 찻주전자와 찻잔이 필요합니다. 저는 서양식으로 할 때 차 양을 정확히 잴 정밀 전자저울과 찻잎 거름망, 시간을 잴 타이머(전자식이든 모래시계든), 찻잎을 뜰 티 캐디 스푼, 차를 우리는 동안 찻주전자 뚜껑을 놓아둘 작은 그릇과 찻주전자를 감싸는 티 코지를 준비합니다. 새로 차 봉투를 뜯어야 한다면 거기 쓸 차 전용 가위도 있어야 하지요.

서양 차는 찻주전자에 더운물을 부어서 뚜껑을 잠시 닫아 안에 열기가 고루 퍼지게 했다가 물을 잔으로 따라 옮겨 잔도 예열합니다. 그다음 거름망에 담은 차를 주전자 안으로 넣고 물을 붓습니다. 우리는 시간은 대개 3분 전후인데, 2분 30초라면 모래시계를 엎은 다음 거름망을 주전자에 넣고 물을 부은 뒤 찻잎을 조금 일찍 꺼낼 준비를 하고, 3분 30초라면 물까지 다 붓고 시계를 엎은 다음 모래가 다 떨어지면 느긋이 찻잎을 꺼냅니다. 이러면 거의 오차가 없이 맞습니다.

의식에 가깝게 절차가 많은 차 만들기는 조금 거추장스럽고, 조금 소꿉놀이 같고, 조금 특별하고, 꽤나 즐겁습니다. 차 우리는 시간 3분은 보통 순식간에 지나갑니다. 차 수건에 티 캐디 스푼을 닦고, 그것을 다시 제자리에 놓고, 저울 덮개를 닫고, 차 봉투를 도로 넣어두고, 물을 흘렸다면 찻상도 한 번 닦다가 시계를 슬쩍 보면 어느새 차 마실 시간이 가까워 있거든요. 동작들은 부드럽게 하나로 이어지고 모든 것이 마무리될 즈음에는 따뜻하고 향기 나는 차가 꼭 그림처럼 눈앞에 한 주전자 준비되어 있습니다. 그 차를 잔에 처음 따를 때 색은 얼마나 아름다운지요!

이런 특별한 차라서, 찻주전자와 차 도구들은 다룰 때도 조심스럽습니다. 저는 찻잔들은 다른 설거짓거리와 함께 씻지 않고, 설거지통에 넣지도 않으며 가급적 세제도 사용하지 않습니다. 다른 그릇들은 설거지통에 쌓여있더라도 찻잔은 바로바로 씻고 물로 잘 헹구어서 차 설거지 전용 수건으로 뽀득뽀득 닦아 도로 다구 장에 넣습니다. 유약을 바르지 않은 몇몇 다구들이 세제를 흡수한다는 실질적인 이유도 있지만, 반짝반짝 광택이 있는 다른 식기와 다를 것이 없는 찻잔들은, 사실 특별하게 다루는 데서 특별함이 생겨나기 때문입니다. 저는 차의 특별함을 지키기 위해 일부러 차에 관한 물건들을 더 아끼고 있습니다.

여유로운 주말이라면 몰라도 몸이 지친 평일 저녁에는 차의 특별함을 챙기기가 쉽지 않습니다. 도구를 늘어놓고 하나씩 닦는 일은 다 제쳐두고, 그냥 얼른 좋아하는 향기로운 차를 한 모금 목으로 넘기고 싶을 때도 많지요. 찻잔 설거지도 귀찮아서 대충 놔뒀다가 나중에 씻고 싶을 때도 있습니다.

하지만 어째서일까요. 따로 닦아야 하고 설거지통에도 못 넣으니까 부담이 되는 앤티크 차 전용 주전자 대신 그냥 물 주전자에, 주전자 받침도 꺼내지 않고 그럭저럭 저울 없이 감으로 차를 담는 날에는 타이머를 맞추어도 찻잎 꺼내기를 잊어버린다거나 차 맛을 느끼려고 해도 마음이 심란해 즐겁지 않은 때가 많습니다. 마음이 안정되지 않은 채 차를 소홀히 대하니까 차에서 느껴지는 즐거움도 사라진 것입니다.

무언가를 특별하게 대할 때 우리는 다른 데서는 들이지 않는 노력을 기울이게 되고, 그 과정에서 애착과 마음이 담깁니다. 애착이 있는 것이 나에게 좋은 결과를 돌려줄 때 우리는 기뻐합니다. 관심이 없는 대상이라면 그것이 아무리 뛰어나고 아름다워도 감흥을 주지 못합니다. 운동 경기를 본다고 해도 응원하는 선수가 있어야만 흥미진진한 것을 떠올려 보세요.

차의 모래시계는 차를 위한 시간을 담고 있습니다. 그 이외에는 아무것도 담고 있지 않습니다. 그래서 차 전용 모래시계는 차를 마시고 싶은 사람에게 그 어떤 만능 컴퓨터보다도 순수하고 중요한 기쁨을 전달합니다.

차 모래시계는 3분만 잴 수 있고 3분 이외에 다른 시간은 잴 수 없습니다. 그리고 차를 우리는 3분 동안, 우리에게 차가 우러나는 3분 외에 아무것도 필요하지 않습니다.

만일 차가 우러나는 3분간 3분짜리 운동을 한다거나, 업무 메시지에 답장을 한다거나, 전화를 받으러 나간다면 차의 시간은 그렇게 즐겁지 않을 것입니다. 단지 한 가지에 집중하고 그것을 위해서만 사용하는 순수한 시간이 지금 우리에게 얼마나 적어졌던가요. 이 시대에 핸드폰은 생활의 편리를 위한 필수품이 되었고 이 작은 컴퓨터는 검색도 업무도 연락도, 그리고 시간 재기도 척척 해내지만, 차 우리는 3분만을 위한 모래시계는 그것들이 주지 못하는 고요한 3분의 기쁨을 줍니다.

삶의 어느 한순간에는, 오직 그것만을 위한 시간이 필요합니다. 핸드폰과는 다른, 손안에 들어오는 이 작은 물건이 있어서 저는 조금 더 특별한 티타임을 보내고 있습니다.

시간에 공들이세요, 얼 그레이

'베르가모트'의 깃발 아래 꽃, 레몬, 오일이 모여 모두 다른 모양을 띤 차. 충분히 탐색하고 내게 딱 맞는 시간을 가늠해 우립니다. 차가 우러나는 동안 다른 세상에 주의를 돌리지 않고 마음을 쏟아 얻은 한 잔은 든든한 수확.

차 정보

다류 / 홍차

산지 / –

수색 / 진한 주홍빛

향과 맛 / 화려하고 상큼한 베르가모트 향에 부드러운 맛

어떻게 우릴까

찻잎 양 / 3g (또는 1티백)

물의 양 / 1회 300ml

온도 / 금방 끓인 물 사용

시간 / 3분

어울리는 다구 / 티포트와 서양 찻잔, 머그 컵

추천 우림법 / 서양 차 우리기, 밀크 티, 아이스 티

요즘다인 says

○ 다양한 얼 그레이 탐색전을 벌인 뒤 티백 꽁지나 포장 등을 모아 나만의 분류
  표를 만들어 보는 건 어때요?

○ 얼 그레이의 강한 향이 부담스러우신 분들도 자신에게 맞는 부드러운 제품
  을 찾아 정착하시는 경우가 있더라고요. 세가 편안한 얼 그레이로 추천하는
  제품은 다만 프레르(Dammann Frères)의 쟈뎅 블루(Jardin Bleu).

'아아, 피곤하다.'

집에 돌아오고 보니 오후 9시 20분. 내일도 출근하려면 11시 전에 자야 하니까, 그야말로 딱 차 한 잔 마실 시간밖에 남지 않았습니다. 말차의 좋은 점은 이럴 때 의외로 부담 없이 빨리 마실 수 있다는 점인데, 그럼에도 한번 차를 마시자면 차릴 것이 한가득입니다.

　이왕 차를 마시기로 했으니 어쩔 수 없지요. 항상 쓰는 차 도구라도 디테일은 매번 다르기 때문에 배치를 생각하고 자리를 펼칩니다. 물을 올려놓고, 다완을 고르고, 차선과 차시와 차통들을 가져옵니다. 다행히 말차는 며칠 전에 체를 쳐놓아서 오늘 체질하는 수고는 덜었습니다. 차선을 전용 받침대에 놓을까 소박하게 완 안에 걸쳐놓을까 잠시 고민합니다. 차통과 마른 차 도구는 오른쪽에, 퇴수기와 물이 닿는 차 도구는 왼쪽에 두기로 합니다. 이렇게 자리를 준비하고 마지막으로, 가지고 있는 조금 까끌까끌한 질감의 차 수건과 부드러운 질감의 차 수건 중 무엇을 쓸지 골라서 놓고 있으면 보글보글…. 마침 물이 다 끓었습니다.

솥이 있다면 좋겠지만 현대인의 다도답게 전기포트로 물을 끓이기 때문에 물 온도를 가늠하는 저만의 기준이 있습니다. 표준 말차는 물이 다 끓자마자 포트를 가져와서, 완을 덥히는 물을 붓는 동시에 차를 탈 만큼의 물 일정량을 숙우에 부어둡니다. 느긋하게 완을 덥히고 차선을 적시고 물을 버린 다음 정해진 동작으로 안을 잘 닦습니다. 따끈따끈 보송한 완을 만든 다음 마실 만큼 차를 덜어 넣으면, 그때 딱 알맞게 식어있습니다. 그러니까 물이 '탁' 하고 다 끓자마자 모든 동작들을 느긋하게, 그러나 쉬지 않고 제때 해야 하는 것이지요.

차에 따라 온도를 조금 더 낮춰야 할 때에는 차를 더는 동작을 더 느긋하게 하거나 완에 물을 따르기 전에 숙우를 든 손목을 빙글빙글 돌려서 시간이 더 걸리도록 조정하고, 반대로 즉석에서 체질을 하는 경우에는 모든 동작을 빈틈없이 빠르고 정확하게 합니다. 이런 기준이 있어야 온도를 가늠할 수 있기에 모든 과정들은 지켜야만 하는 것이 됩니다. 온도가 맞지 않으면 차가 맛이 없거든요. 저는 늦게 퇴근해서 힘이 빠진 채로, 차를 만들기 위한 모든 과정을 수행했습니다. 약간 힘없는 손이지만, 일단 물을 붓기 시작하면서부터는 온도가 떨어져서는 안 되기 때문에 꼼꼼하게 차를 개고 물을 더 부어서 빠르고 부드럽게 저었지요.

삭삭삭삭…. 얼마 전에 한 이웃분께서 차선이 완 안에 닿지 않은 채 찻물만 골고루 젓는 느낌으로 조심스럽고 가볍게 젓는 것이 좋다고 했기에, 더더욱 손에 힘을 빼고 저었습니다. 이렇게 젓고 있으면 찻물의 질감을 손끝으로 세밀하게 느낄 수 있습니다. 다른 부딪히는 곳이 없으니 찻물이 차선의 살들에 감기는 느낌, 차 전체가 한 덩어리가 되어 탄력 있는 반죽처럼 딸려 올라오는 느낌이 손에 전해집니다. 이런 느낌이 들 때는 '아, 맛있게 되겠다' 싶어서 설레기도 하지만 오늘은 그런 기분도 없습니다. 그냥 솔솔 차를 저으면서 먹을 만한 모양으로 만들고, 차선을 천천히 빼고 한 숨 돌린 뒤 자리에 앉아서 한 모금 마십니다.

'아, 맛있다!'

그 순간 놀라게 된 차 맛. '어쩐 일이람, 이런 맛이 날 차가 아닌데' 하고 눈이 동그래져서 일단 한 잔을 다 마셨습니다. 이럴 수가. 오늘은 박차(薄茶, 뽀얗게 거품을 내어 연하게 타는 말차)를 두 종류 마시기로 했기 때문에 완을 헹구어 다시 닦고, 두 번째 잔을 탔습니다.

한자리에서 두 번째 잔을 바로 만들 때는 또 조금 다릅니다. 완은 방금 더운물을 담아서 덥혀진 상태고 물은 포트 안에서 조금 식었기 때문에 숙우로 옮겨 담을 필요가 없지요. 안을 닦기만 하고 차를 덜어, 이번에는 포트에서 바로 물을 붓고 차를 갭니다. 삭삭삭…. 두 번째 잔을 마셔 보니, 이것도 처음 탄 잔만큼이나 맛이 좋습니다. 저는 골똘히 생각에 잠깁니다. 왜 이렇게 맛있지.

차선을 저을 때의 부드러운 감각. 그 감각이 고스란히 담긴 것처럼 쓴 맛은 사라지고 질감은 온화하게 부서지듯 혀에 감겨 얼른 다음 모금을 마시고 싶은 차였습니다. 하도 맛있어서 그만, 같이 먹으려고 꺼내놓은 과자도 반밖에 먹지 못했습니다. 다 마신 후에야 친구들에게 '오늘 차 정말 맛있게 됐어' 하고 호들갑을 떨면서 집어 먹게 되었지요.

정말이지 무슨 일이 일어난 걸까. 돌아보면 참 별다를 것은 없었습니다. 차를 마실 생각밖에 못 하고 차를 탔지요. 바로 그게 차가 잘된 비결이라는 것을 당장은 깨닫지 못하고, 시간이 지나 이 글을 쓰는 지금에서야 실감합니다. 그때 차를 만드는 제 머릿속에는 차를 만들겠다는 생각밖에 없었던 겁니다. 차를 '잘' 만든다는 생각도 아니고, 차를 만든다는 생각. 다른 것은 전혀 떠올리지 못하고 오직 차를 만들어야 하니까, 한 잔을 만드는 데 필요한 모든 노력을 기울였습니다. 자리를 펼치고, 물을 가져오고, 붓고, 식히고, 닦고, 타고…. 그 모든 동작을 서두르지도 않고 불안해하는 것도 없이 최선을 다해 조심스럽게 하고 있었던 것이지요.

우아하게 차리거나 잘 해내겠다는 각오도 없이 오직 차 자체에만 집중해서 손을 살살 저으면서 마음을 쓰는 순간 차는 얼마나 맛있어지는 것일까요. 그리고 스스로도 깨닫지 못하는 그런 집중의 순간을, 차는 '맛있다'는 확실한 감각으로 이렇게나 되돌려 주는 것일까요. 맛있는 차를 머금는 순간 저는 표정이 풀리고 얼굴에 웃음이 떠오르고, "아, 맛있다"라거나, "차가 너무 맛있어, 행복해"라고 소리 내서 중얼거리게 됩니다. 차를 만든 것은 나인데도 차가 맛있어서 어딘가에 잘 먹었다고, 차를 맛있게 만들어 줘서 고맙다고 인사하고 싶은 기분입니다.

문득 고개를 돌리면 주말에 사서 꽂아놓은 새빨간 라넌큘러스도 아름답고, 후 하고 숨을 한번 내쉬고 차실 겸 거실을 둘러보면 이 공간의 편안함과 따스함이 여실히 느껴집니다. 시간으로 따지자면 포트에 물을 올리고 채 30분이 되지 않은 짧은 시간. 마법처럼 하루의 피로를 달래고 마음을 흡족하게 하는 한 잔이 되었습니다. 저는 정말 요즘, '퇴근 후 말차 한 잔 쭉' 들이켜는 이런 일 이상으로 빠르고 확고한 만족감을 주는 기쁨을 알지 못합니다.

***

그날 차 자리를 정리하고 잠잘 준비도 마쳐, 따뜻한 물 한 주전자를 쟁반에 받쳐 들고 침대 앞으로 왔습니다. 시계를 보니 평소 잘 시간보다 조금 일러 느긋하게 쉬는 기분으로 잠자리에 들 수 있었습니다. 직장인들이 늦게 자고 피곤해하는 이유가 퇴근 후 자기 시간이 없는 듯한 기분에 억울해서라고 하는데, 한 시간이 좀 못 되는 말차 한 잔의 티타임으로 그날의 보람을 누릴 수 있다니, 세상에 이런 좋은 취미가 또 없네요.

'퇴근 후 말차 한 잔'이 이런 마법 같은 변화를 일으켜 준 데에는 차를 만드는 데 따르는 규칙의 힘이 큽니다. 그러니까 다도 예절 같은 것 말이에요. 고리타분하게만 여겨질지 모르는 '다도', 즉 차를 만드는 정해진 형식은 다른 생각을 하지 않게 해줍니다. '차를 마셔야겠으니 이런 일들을 해야지' 하고 정해져 있는 것들을, 다르게 할 수 있는 바 없이 공을 들여 착착 수행하는 절차입니다. 이것들을 따를 때 마음은 빠르게 생각이 없어지고 빠르게 고요해져, 차를 만들겠다는 생각 외에 아무것도 남지 않는 몰입으로 선뜻 이끌어 줍니다.

만일 정해진 규칙이 없었다면, 그냥 되는 대로 만들었다면, 이렇게나 빠르게 마음이 안정되면서도 맛있는 차를 만들 수 있었을까요? 한순간 비웠다가 한순간 모든 것이 충족되는 기분에 도달할 수 있었을까요? 저는 다도를 따로 배운 적은 없지만 제가 차를 만들 때 항상 지키는 규칙과 순서, 손짓, 자리, 물건들이 있습니다. 다른 다도 규칙에서 조금씩 따오기도 하고 제가 보기에 예쁘거나 편리한 방법을 쓰다가 정착한 것도 있습니다.

저의 다도는 다른 어떤 다도와도 다르고, 더 복잡한 정식 다도에 비하면 별것 아닌 절차들로 이루어져 있을지도 모릅니다. 하지만 이렇게 정해놓은 틀이 있다면 그 무엇이든 다도라고 부를 수 있고, 그 틀의 기준은 '마시는 사람의 마음을 편안하게 하는가'라고 생각합니다.

일본 다도의 대종장이자 다선(茶仙)이라고도 불리는 센 리큐가 다도의 정신이라고 제자에게 일러준 말을 보면, 복잡한 규칙 같은 것은 한마디도 없습니다.

> 차는 마시기 좋게
> 숯은 물이 잘 끓도록
> 꽃은 들에 있는 것처럼
> 여름에는 시원하게 겨울에는 따뜻하게
> 시간은 조금 일찍 서두르며
> 맑은 날에도 우산을 준비하고
> 손님에게 마음을 다하라.

이 리큐칠칙(利休七則)이라는 것을 저는 두 줄로 줄일 수 있을 것 같아요. 아무래도 일본 다도보다 좀 더 편하게 하는 다도이니까 더 짧을 수밖에 없습니다.

> 차는 차를 마실 마음으로 타고
> 손님은 손님을 대접할 마음으로 맞는다.

별로 다르지도 않습니다. 리큐의 말에서 '마시기 좋은 차와 물이 잘 끓는 숯'은 차에 관한 설명이고, 다른 항목들은 손님을 잘 맞기 위해 손님을 배려한 내용들이니까요. 차를 탈 때는 차를 마실 마음만으로, 손님을 대접할 때는 손님을 생각하는 마음만으로. 만약 혼자서 차를 마신다면, 그 손님은 바로 나 자신이 될 수 있습니다. 그러니 홀로 하는 다도란 차를 만드는 한 단계 한 단계에 정성을 들여 마치 누가 보고 있는 것처럼, 내가 나를 보고 있으면서 나에게 예절을 지켜 대접하는 과정이 되겠지요.

세간의 다른 복잡한 일들에서 잠시 벗어나 '퇴근 후 한 잔 쭉 마시는 말차'를 가장 맛있게 만드는 방법, 다도. 다도는 거창한 이름이 아니라 차를 맛있게, 나를 편안하게 만드는 일입니다.

번거로워야 얻어지는 간결함, 말차

곱고 보드라운 거품과 진한 감칠맛, 정신이 번쩍 드는 쌉싸름함. 완벽한 한 사발을 위해 바쁘게 움직이는 손은 잡념을 덜어주고 이 순간 나와 차만 남겨둡니다. 그 단정한 사실로 비워낸 내면에 마음의 여유가 채워집니다.

차 정보

다류 / 녹차

산지 / 대한민국, 일본

수색 / 한여름의 녹음과 같은 탕에 햇볕 아래 반짝이는 채도 높은 연둣빛 거품

향과 맛 / 진한 쌉쌀함 다음에 이어지는 다채로운 감칠맛

어떻게 우릴까

찻잎 양 / 1~2g

물의 양 / 1회 150ml

온도 / 90~95℃

시간 / 30초~1분 이내로 격불*

어울리는 다구 / 다완

추천 우림법 / 차선으로 격불

* 차선으로 말차를 저어 거품을 내는 것을 의미합니다.

요즘다인 says

◦ 다른 차에 비해 카페인 함량이 많으니 카페인에 예민한 분들은 숙면을 위해 저녁 시간의 음용은 줄여주세요.

◦ 전통 과자로는 팥 앙금이 든 과자나 만쥬, 현대 과자로는 파삭파삭한 랑그드 샤나 진한 생초콜릿 같은 디저트와 잘 어울립니다. 달콤한 과자 한 입 후의 쌉싸름한 말차로 완벽한 조화를 맛보세요!

◦ 만족스럽지 못한 격불의 말차는 우유를 타서 마시거나, 초콜릿 아이스크림에 곁들여 보세요. 맛있게 먹는 방법은 무궁무진합니다.

◦ 뜬 지 몇 주가 지나 맛이 전과 같지 못한 말차는 민트를 우린 물에 타서 마셔보세요. 얼음까지 띄우면 완벽한 여름 차가 됩니다.

웨딩 임페리얼, 마르코 폴로, 로즈 로열, 러시안 카라반, 비올레뜨 모나무르, 베르사유 로즈…. 모르고 듣는다면 신비롭게만 느껴지는 온갖 차 이름들. 개중에는 한국어로 번역하면 더 로맨틱하게 느껴지는 이름들도 무척 많습니다. '첫사랑' '달 위에서 차 한 잔' '꿈 이야기' '푸른 정원' '인도의 별'…. 이 중에서 제가 좋아하는 '첫사랑'이라는 이름의, 루피시아사의 여름 한정 차 '하츠코이'는 딱 초여름 시즌에만 구입할 수 있는 제품으로, 첫사랑을 시작하듯 상큼 달콤한 레몬그라스와 레몬 껍질로 가향한 녹차입니다.

차 이름들은 어떻게 정해지는 것일까요? 먼저 위에 말씀드린 종류처럼 차 회사들에서 상품으로서 새롭게 만들어 내는 차 이름들이 있습니다. 유명한 니니스의 '베르사유 로즈'는, 스리랑카에서 나는 실론 티에 장미 꽃잎과 해바라기 꽃, 자몽과 오렌지 향을 가향해서 만들었습니다.

그리고 '실론' '다즐링' '아쌈'처럼 차가 나는 지역이나 품종에 따라서 붙는 이름이 있습니다. 우리에게는 차 이름으로 조금 더 익숙하지만, 위의 차들은 모두 각각 스리랑카와 인도의 지명입니다. 각 지방마다 기후, 품종, 만드는 방식 등에 따라 나오는 차의 특징이 다르고 스타일도 다르니, 이 찻잎들을 조합해서 원하는 차 맛을 이끌어 낼 수 있겠지요. 이를테면 '잉글리시 브렉퍼스트'는 보통 실론과 아쌈을 일정 비율로 혼합해서 만듭니다.

동글동글한 모양이 탄약을 닮았다고 해서 건파우더라는 이름이 붙은 중국 녹차를 원료로, 민트 가향을 한 것은 마리아쥬 프레르사의 '모로칸 민트'입니다. 같은 회사에서 한국을 콘셉트로 만든 차도 있고, 포트넘 앤 메이슨사에서는 서울의 남산을 모티프로 한 '남산 블렌드'를 출시했습니다. 우리에게 친숙한 오설록에서도 제주의 다양한 지방, 차밭, 풍경들을 이미지로 블렌드 티를 만들었지요.

이렇게 차 회사마다 나름대로의 모티프, 철학과 멋을 가지고 고유한 향수를 조향하듯이 만들어 내는 가향 차들은 그 자체로 맛보는 재미가 있습니다. 개중에는 지역 축제나 그 지방의 유명한 특산물, 풍경, 꽃, 소리, 문화를 바탕으로 해 콘셉트부터 흥미를 끄는 제품들이 있습니다. 그런 콘셉트의 차는 어떤 원료를 바탕으로 어떻게 조화시켜 어떤 맛과 향으로 풀어냈는지를 보는 재미도 있습니다. 여기에 눈으로 보이는 찻잎 모양과 패키지 디자인까지 함께 살펴보면 가향 차를 200퍼센트 즐기고 있다고 할 수 있겠지요.

제가 무척 좋아하는 벨로크사의 차, '인도의 별'은 재스민 향이 가향된 녹차인데, 맛과 향에서의 콘셉트뿐만 아니라 붉은 장미 꽃잎과 푸른 수레국화, 노란 마리골드 꽃잎에 초록색 녹차 잎까지 알록달록한 색채가 무척 아름답고 선명한 인상을 줍니다. 그야말로 '인도의 별'이네요!

하지만 안타깝게도 일각에서는 이런 가향 차들을 '하수들의 차'라고 여기는 시선도 있습니다. 차는 그저 찻잎 본연의 맛과 향을, 장인의 솜씨에 의해 이끌어 내어진 대로 즐겨야 한다고 생각하기에 '자몽 향'이나 '오렌지 향' 등이 추가적으로 들어가서는 차 맛을 해칠 뿐이라고 보는 것이지요. 그런 분들은 대형 차 회사에서 나오는 레디메이드 제품보다도 매해 유명 다원에서 선보이는 엄선한 품종별 차를 안목 있는 인맥을 통해 구하는 일이 더 중요해 보입니다. 마치 '그해의 날씨와 다원의 스타일, 작황과 같은 요소에 의해 매번 다른 특별한 향미의 차'를 즐기는 것이 중요한 것처럼요.

이렇게 써놓으니 무척 우습게 들리지만, 그런 분들 앞에서, 가장 좋아하는 차라며 흔한 브랜드에서 나오는 가향 차 이름 하나를 대기에는 조금 뭐랄까, 기세가 움츠러드는 느낌입니다. 구하기도 어렵고 가격도 비싼 어느 다원, 어느 농가의 차에 비하면 브랜드에서 나오는 가향 차는 손쉽게 살 수 있고 생산되는 시기에 따라 맛이 섬세하게 변하지도 않으니 얼핏 더 간단하고 덜 고급인 차 같습니다. 하지만 여기서 이 이야기를 하는 이유는 정해져 있지요. 오늘은 당연하게도, 이런 브랜드 가향 차의 역성을 들러 나왔습니다.

대형 회사에서 나오는 가향 차의 크나큰 장점이 두 가지 있으니, 바로 쉽게 구매할 수 있고 맛이 변하지 않는다는 것입니다. 대형 브랜드의 차가 매해 날씨와 작황에 따라 맛이 변한다면 오히려 큰일입니다. 가향 차는 분명하게 지향하는 콘셉트가 있고, 그에 따라 맛과 이름과 패키지가 디자인되었습니다. 사람들은 바로 그 맛과 향을 기억하고 차를 사러 오는 것인데 그 맛이 들쑥날쑥하다면 기업으로서 품질 관리에 실패한 셈입니

다. 그러니 가향 차는 언제 사든 같은 맛을 유지해야 합니다.

쉽게 구매할 수 있다는 것도 장점이지요. 대형 회사의 차는 유명 찻집을 찾아가지 않고, 안목 있는 지인이 없어도 인터넷으로 장바구니에 담아 결제만 하면 대부분 주문할 수 있습니다. 차에 대한 지식이나 인맥, 경험이 있든 없든 간에 누구나 공평하게 구매할 수 있는 차. 이것만 해도 저는 이미 대형 브랜드 차를 좋아할 이유를 하나 가지고 있는 셈입니다.

다들 좋아하는 음악이 한두 곡씩은 있으실 거예요. 그중에는 최신 곡도 있고, 3년 전에 좋아해서 귀에 익게 들었던 곡도 있고, 5년 전, 10년 전의 특별한 기억이나 시절과 결부되어 떠오르는 곡도 있겠지요. 시간을 거슬러 올라 좋아했던 음악은 어쩐지 그때의 기억을 떠올리게 합니다. 또, 수년에 걸쳐 좋아하면서 계속 들으니 같은 음악임에도 나이를 먹어감에 따라 새롭게 들리기도 합니다. 가향 차는, 마치 그런 좋아하는 음악 같습니다.

　제가 홍차에 거의 처음 입문했을 때 반했던 가향 차는 니나스의 '달 위에서 차 한 잔(Thé sur la lune)'입니다. 검은 홍차에 푸른 수레국화 꽃잎이 들어있어 몽환적인 느낌을 자아내는 이 찻잎은 마치 풍선껌처럼 달콤한 블루베리 향을 뿜어내는데, 이 차를 마실 때마다 저는 마치 차를 처음 마시던 그때로 돌아가는 기분이 들어요. 모든 것이 새롭고, 이 상큼하고 로맨틱한 향기가 저를 둥실둥실 감싸 음악이 가득한 달빛 아래로 데려다줄 것만 같은 환상적인 기분. 이 기분을 느끼고 싶을 때 저는 어김없이 '달 위에서 차 한 잔' 봉투를 열어 차를 우립니다.

　또, 포트넘 앤 메이슨사의 대표 차인 포트메이슨 티. 이 차는 스콘이 맛있다고 소문난 어느 티 룸에서 처음으로 주문해 마셔보았는데, 당시에는 차에 들어간 오렌지 꽃 가향이 익숙하지 않아서 그런지 영 별로라고 느꼈습니다. 그런데 그로부터 몇 해가 지난 어느 날, 문득 그 맛의 기억조차 잊은 채로 다시 포트메이슨을 마셨을 때, 그 잔잔하고 쌉쌀한 향긋함에 놀라게 되었지요. 마치 일요일 낮 거실에 울리는 피아노 선율처럼, 햇볕 아래 꿀방울처럼 달콤한 맛이었습니다. 놀라서 차 일기를 뒤져보며, '분명 전에 별로였던 차가 아니었던가?' 하고 되돌아보았습니다. 당시에는 확실히 별다른 인상이 없다고 써둔 구절이 보였지요. 차는 변하지 않았지만 제 입맛이 변한 것입니다.

　잘 변하지 않고 쉽게 살 수 있어서 곁에 둘 수 있는 가향 차들은 마치 사랑하는 음악과 같습니다. 잊히지 않는 추억도, 어느 날 문득 달라진 자신을 발견하게 되는 격세지감도 느끼게 하지요. 마치 눈으로 보고 코로 들이마시는, 그리고 혀로 맛보는 시간 여행이랄까요? 소중한 순간에 어떤 가향 차가 함께했다면 그 차는 언제고 그 시간의 기억을 불러옵니다. 그리고 대체로 분위기 좋은 곳에서 차 한 잔을 하는 순간은 좋은 기억이기 때문에, 가향 차들은 동일한 맛과 향으로 그 기분을 언제든 느낄 수 있게 하지요.

**

서양 차 이야기를 줄곧 했지만 차가 세월을 느끼게 하는 점은 어디서나 동일한 것 같습니다. 일본 다도를 소재로 한 영화 〈일일시호일〉에서는 12간지에 따라 그해의 동물이 그려진 차 사발을 꺼내 쓰고, 12년에 한 번 다시 보게 되는 똑같은 사발을 마주하며 차와 함께한 시간을 떠올려 보는 장면이 있습니다. 이렇듯 지금껏 차를 마셔오면서 주변을 보면, 다들 처음으로 반하게 된 가향 차는 잊지 못하시더라고요.

여러분이 좋아하는 향은 무엇인가요? 좋아하는 향기의 차가 있으신가요? 아니면 아직까지 그런 차를 만나지 못해서 처음으로 반하는 향기를 만나는 짜릿한 순간을, 인생에서 아직 먹지 않은 달콤한 케이크처럼 남겨두고 있으신가요?

좋아하는 순간을 소중히 여겨주세요, 니나스 – 떼 쉬르 라 륀(Thé sur la lune)

풍선을 잡고 두둥실 떠올라 달 위에 앉으면 내려다보이는 동화 속 풍경. 블루베리 향의 달콤하고 포근한 분위기와 어릴 적 잠들기 전 읽은 동화 책 같은 편안함은 새로운 세계를 열어줍니다. 언젠가 사진첩 속 빛바랜 추억이 될지라도 두근거리던 마음만큼은 마음속에서 영원히 빛나요.

차 정보

다류 / 홍차

산지 / -

수색 / 다홍빛이 감도는 맑은 황갈색

향과 맛 / 선명한 블루베리와 각종 과일의 달콤한 향

어떻게 우릴까

찻잎 양 / 3g (또는 1티백)

물의 양 / 1회 300ml

온도 / 금방 끓인 물 사용

시간 / 3분

어울리는 다구 / 티포트와 서양 찻잔

추천 우림법 / 서양 차 우리기, 밀크 티

요즘다인 says

∘ 차의 맛은 언제나 같은데 마시는 나의 마음은 매번 달라요. 그 변화를 찬찬히 살펴보는 것도 가향 차를 마시는 묘미랍니다.

∘ 제가 가장 처음 반했던 가향 차랍니다! 상큼 달큼한 향이 의외로 밀크 티로 만들어도 잘 어울리니 한번 시도해 보세요.

내 맘대로 편안하게,
요즘다인의 차 우리는 법

°동양 차 우리기

1. 다구 준비

<u>꼭 필요한 것</u>: 차호 또는 개완, 숙우, 찻잔

<u>있으면 좋은 것</u>: 거름망, 차 수건, 퇴수기

<u>있으면 기분이 좋지만 없어도 되는 것</u>: 다하, 차시, 차 집게

2. 물을 끓여 다기를 예열합니다. 차호에서 숙우로, 숙우에서 찻잔으로. 차를 따를 때와 같은 순서로, 모든 다기가 따끈따끈하도록 데워주세요.

3. 예열한 물을 버리고 찻잎을 넣어줍니다.

4. 다구 안에서 따뜻한 공기를 만난 찻잎의 향을 한번 맡아보세요. 우러났을 때와 또 다른 순간의 매력이 있답니다.

5. 뜨거운 물을 붓고 잠시 기다렸다가 따라냅니다. 한 번 우리는 것을 1포, 두 번째 우리는 것을 2포, 세 번째는 3포⋯. 차에 따라 우리는 시간이 다르니, 차 소개 페이지에서 알아보세요.

6. 차 맛이 빠질 때까지 4~6포 정도 여러 번 우려 마십니다. 뒤로 갈수록 물 온도를 높게, 우리는 시간도 길게 조절하는 편입니다.

7. 차가 더 이상 맛있지 않다고 느껴지면 찻잎을 버리고 다구를 정리하면 됩니다.

동양 차를 우릴 때의 팁

° 차에 따라, 취향에 따라 찻잎의 양과 우리는 시간은 달라져요. 우린 차가 너무 진하면 물을 타고, 너무 싱거우면 진하게 우린 차를 섞으면 됩니다. 나에게 가장 잘 맞는 양과 시간은 차와 친해지면서 천천히 알아가 보아요. 긴장할 필요 없습니다. 처음에는 들쑥날쑥할 수도 있어요. 차를 마시는 사람들 사이에서도 차 한 통을 사면 그 한 통을 다 마실 때쯤에야 그 차를 우리는 법을 알게 된다는 이야기가 있으니까요.

° 맛있는 차는 대충 우려도 맛있습니다. 만약 열심히 우렸는데도 차가 맛이 없다면 차 탓도 해봅시다.

° 차가 계속해서 싱겁게 나온다면, 보통은 물의 온도가 떨어져서 그렇습니다. 조금 귀찮더라도 다시 끓여서 물을 부으면 새롭게 진한 맛과 향을 뿜어내는 차를 만날

수 있을 거예요.

° 너무 맛있게 마셔서 남은 찻잎이 아깝다면, 찻잎을 버리지 말고 그대로 냉침해 보
세요(냉침하기 참조). 이때는 하룻밤 정도 길게 냉침해도 괜찮습니다.

° 녹차나 발효도가 낮은 우롱차는 남은 찻잎을 라면에 넣고 끓이면 콩나물을 넣은
것 같은 개운한 해장 라면이 되어요. 찻잎의 변신은 무궁무진!

° 서양 차 중에서 잎 형태가 잘게 부서지지 않는 종류들은 동양 차 우리는 방법으로
우려도 맛있어요. 특히 좋은 다즐링을 구했다면, 동양 차 우림법으로 드셔보시기
를 무척 추천합니다.

° 서양 차 우리기

1. 다구 준비

꼭 필요한 것: 찻주전자, 거름망, 찻잔

있으면 좋은 것: 티 코지, 계량용 스푼이나 저울

2. 물을 끓여 다기를 예열합니다. 찻잔도 함께 데워주세요.

3. 예열한 물을 버리고 거름망에 담은 찻잎을 주전자에 넣어줍니다.

4. 다구 안에서 따뜻한 공기를 만난 찻잎의 향을 한번 맡아보세요. 우러났

을 때와 또 다른 순간의 매력이 있답니다.

5. 뜨거운 물을 붓고, 2분에서 3분 정도 기다렸다가 찻잎을 건져냅니다.

6. 찻잔에 따라 마십니다.

서양 차를 우릴 때의 팁

° 서양 차는 연하게 마시는 경우 2분, 진하게 마시는 경우 4분까지도 우리는 편입니다. 나에게 맞는 시간을 찾기 어렵다면, 일단 짧게 우려보고 살짝 맛을 보세요. 싱거우면 조금 더 우리면 됩니다.

° 찻잎이 잘게 썰려있는 차는 시간을 짧게 잡아주세요. 잎이 온전한 형태인 것보다 훨씬 빨리 우러납니다!

° 거름망이 없다면 다시백에 잎차를 담아 티백처럼 사용할 수 있습니다.

° 서양 차는 한번에 차를 많이 우려놓고 마시게 되기 때문에, 티 코지 등을 이용해 찻주전자를 감싸주면 온도가 오래 유지되어 더 맛있게 즐길 수 있습니다.

° 동양 차를 위한 다구가 없을 때에는, 동양 차를 서양 차 우리는 방법으로 우려 마셔도 괜찮습니다. 저는 집에 서양 차를 위한 찻주전자밖에 없었을 때 선물받은 철관음을 홍차와 똑같이 우려서 마셨는데, 그때 맛본 철관음은 정말 최고로 맛있었지요.

°급랭하기

1. 다구 준비
뜨거운 물로 우릴 때와 같은 다구들, 그리고 얼음이 가득 담긴 숙우 혹은 보조 주전자

2. 뜨거운 물에 우릴 때와 같은 방식으로 차를 우려주세요. 다음 순서에서 얼음에 차를 부으면 얼음이 녹을 테니까, 차는 조금 진하게 우려도 괜찮습니다.

3. 우려낸 차를 얼음 주전자에 힘차게 붓습니다.

급랭할 때의 팁

° 시원하게 마시려면 얼음이 생각보다 많이 필요해요. 얼음을 가득 준비해 주세요.

° 아이스 티를 마신다면, 잔에도 미리 얼음을 넣어서 차갑게 만들어 두면 좋습니다.

° 찻잔에 동동 띄운 얼음 한두 조각은 기분과 분위기를 더 좋게 하네요!

° 급랭의 시원함을 느끼기 좋은 유리나 크리스털 잔을 사용해 보세요. 예쁩니다.

°냉침하기

1. 다구 준비
냉침은 따로 다구가 필요하지 않아 멋지고 간편한 방법입니다! 냉침용 병 또는 생수병만 있으면 됩니다.

2. 상온의 물 혹은 시원한 물이 담긴 병에 찻잎을 넣습니다. 티백이나 다시 백에 담은 찻잎을 사용하면 나중에 거를 필요가 없어요.

3. 냉장고에 병을 넣고, 마른 찻잎은 3~5시간, 한 번 우린 찻잎은 8시간~하룻밤 정도 둡니다.

4. 차가 우러나면 완성!

냉침할 때의 팁

° 냉침도 중간에 슬쩍 맛을 본 다음, 싱겁다면 더 방치하고 진하다면 물을 타서 조절 할 수 있습니다.

° 물 외의 음료에도 냉침이 가능합니다. 보통 사이다나 탄산수를 사용합니다. 나만 의 맛있는 냉침 차를 만들어 보세요.

° 탄산이 들어간 음료에 냉침할 때는 반드시 음료를 한 모금 마신 다음 찻잎을 넣어

주세요. 그러지 않으면 나중에 흘러넘칩니다! 뚜껑을 꼭 닫아서 김이 새지 않게 밀폐하는 것도 중요해요.

° 술에도 냉침이 가능합니다. 이때는 시간을 2시간 정도로 짧게 잡아주세요.

° 예쁜 유리잔에 얼음과 레몬 한 조각이 담긴 냉침 차라면 홈 카페도 완성!

° 밀크 티 만들기

밀크 티를 만드는 방법은 크게 두 가지입니다. 진하게 우린 차에 우유를 부어 마시는 영국식 밀크 티와, 냄비에 찻잎과 우유를 함께 끓여서 만드는 로열 밀크 티인데요. 각각의 특징이 있으니 취향에 맞게 즐겨봅시다.

영국식 밀크 티
1. 다구 준비
뜨거운 물로 우릴 때와 같은 다구들, 우유를 담을 주전자

2. 뜨거운 물에 차를 조금 진하게 우립니다. 물 양을 줄이거나 우리는 시간을 길게 조절하면 됩니다.

3. 따뜻하게 마시고 싶다면 데운 우유를, 차갑게 마시고 싶다면 차가운 우유를 잔에 부어주세요. 우유의 양과 비율은 입맛에 맞게 마음대로!

4. 설탕도 취향에 맞게 넣어주세요. 아예 넣지 않거나, 맛을 보면서 조금씩 넣을 수 있습니다.

로열 밀크 티

1. 다구 준비
밀크 티를 끓일 냄비, 따라낼 찻주전자, 찻잔(혹은 머그 컵)

2. 냄비에 물을 약간(80~100ml) 넣고, 찻잎을 넣습니다. 찻잎은 티백인 경우 2~3개, 잎차인 경우 6~12g 정도 사용합니다.

3. 물이 끓지 않을 정도의 약불에서 3분 정도 진하게 우려냅니다.

4. 우유(250ml 내외)를 붓고 중불에 올립니다. 설탕은 맛을 보면서 원하는 만큼 넣어주세요.

5. 한번 끓어오르면 불을 끄고 걸러서 마십니다.

밀크 티를 만들 때의 팁

° 밀크 티의 물, 찻잎, 우유, 설탕 비율은 레시피마다 천차만별입니다. 유명 티 룸이나 브랜드에서 내놓는 밀크 티 레시피를 보아도 전부 달라요. 여러 번 만들어 보면서 내 입맛에 맞는 최적의 비율을 찾아보는 것은 어떨까요?

° 밀크 티로 사용하는 우유는 가급적 저지방이나 무지방 우유를 피합시다. 우유 속 지방 성분이 밀크 티의 맛을 이끌어 내는 중요한 요소거든요.

° 로열 밀크 티는 공이 들어가는 만큼 고소하고 맛있지만, 매번 끓이기는 귀찮기도 하지요. 저는 로열 밀크 티를 한 번에 넉넉히 끓여서 남는 양은 깨끗이 소독한 유리병에 밀봉해 보관하곤 합니다. 냉장고에 이틀이나 사흘 정도는 두고 마실 수 있어요.

° 우유를 미리 데워서 사용하는 경우 내열 용기에 담아서 전자레인지에 30~40초 돌리면 준비 완료.

3장

나의
수상하고 평범한
다도 일기

낙엽 처리의 해

'낙엽 청소'.

차 마시는 사람들 사이에서 농담으로 통용되는 '낙엽'이란 오래된 차를 뜻합니다. 차 중에서도 오래 묵혀서 먹어도 되는 차 말고, 오래 놓아두면 향기와 선도가 떨어져 맛이 없어지는 차를 말하지요. 건조하게 마른 잎이라서 그냥 보관해도 될 것 같지만 장기 숙성용으로 만들어진 종류가 아니라면 대부분의 차는 2년 이내에 먹는 편이 좋습니다. 종류에 따라 그보다 상미 기한이 짧은 것도 많습니다. 많이 간과하고 있지만 차는 농산물이거든요. 그렇게 차보다는 마른 잎에 가까워진, 열심히 수집한 알록달록한 낙엽들을 보고 있으면 마음이 아픕니다. 그리고 다짐하게 됩니다. '아! 차를 낙엽으로 만들지 말아야지.'

그런 결심도 몇 회째. 대청소를 해야지 해야지 하면서 못 하고, 옷 정리를 해야지 해야지 하면서 못 하는 대부분의 사람들처럼 집에는 여전히 낙엽이 쌓여갑니다. 그래서 올해는 큰맘 먹고 정했습니다. '그래. 올해를

낙엽 처리의 해로 선정하자! 그리고 집중적으로 낙엽을 소비해 해치운 다음, 그때 새 차를 사자.'

집에 있는 차를 마시기만 하면 되는 쉬운 결심 같지만 쉬운 일은 아닙니다. 올해 새로 나오는 햇차들이며 이번에 어느 지방 차 농사가 어떻게 되었다더라, 어디서는 올해 이런 상품을 출시했다더라, 하는 새 정보들은 항상 차 동호인들의 흥미를 자극하는 소식이거든요. 올해는 다즐링이 수확량은 적지만 퀄리티에서는 최고점을 찍었다고 하니 안 마셔 볼 수 없을 것 같고, 새로운 차 구독 서비스나 차 컬렉션, 계절 한정 차 등 차를 사랑하는 사람의 눈이 핑핑 돌아가게 만드는 소식이 잔뜩 흘러드는 때가 바로 햇차 시즌입니다.

유혹들을 이겨내고 지갑을 열지 않는 데 성공했다고 하더라도 문제는 남아있습니다. 만약 주변에 친구가 조금이라도 있다면 놀랍게도, 내가 차를 사지 않아도 계속 차가 생깁니다. 그 이유는 간단한데, '햇차를 샀는데 좀 드셔보세요'가 각각 다른 사람에게서 여러 번씩 반복되기 때문입니다. 그런데 이 사악한 차 동호인들은 햇차만 보내면 정이 없다고, 이때다 싶어 집에 있는 다른 맛있는 차도 넣고, 좀 아슬아슬한 오래된 차도 넣고, 같이 먹으면 좋은 다른 차도 넣습니다. 근본적으로 입은 한 번에 차를 하나씩밖에 먹을 수 없는데, 대한민국의 차 동호인들이 차를 한 번에 여러 개씩 보낼 수 있는 점이 문제입니다.

***

이런 어려움을 안고 몇 년이 지나면 낙엽이라고도 하기 무엇한 유물이 생깁니다. 2013년에 선물받은 햇차를 2020년까지 보관한다거나, 이름이 '2월'이길래 '그래, 2월에 이 차를 먹어야지' 하고 생각했다가 정신을 차려보면 5월이 넘어가고 있어서 내년을 기약하기를 세 번 반복한다거나….

차가 조금씩 소분되어 있다는 점도 낙엽 생산에 한몫하는 이유입니다. 차 통이 크기라도 하면 눈에 띄어서 차를 마시려고 할 때 집어들 기회가 생기는데, 1회분, 5그램 정도씩 봉투에 작게 담아놓은 차들은 '소분 차 바구니'에 넣고서 몇 년씩 들여다보지 못하는 경우도 허다합니다. 심지어 이렇게 적은 양만 따로 떼어놓으면, 차는 통에 가득 들어있을 때보다 향이 더 빨리 날아가기에 '소분 차 바구니'는 '낙엽 바구니'가 될 가능성이 상당히 높지요.

이런 모든 이유를 검토하고 낙엽 정리의 필요성을 절감한 저는 올해 특단의 조치를 내렸습니다. 차를 고르는 시간마다 소분 차 바구니를 위주로 적극적으로 찾아보고, 낙엽을 마셔 없애기로 했지요. 그렇게 소분 봉투며, 아껴서 조금씩 먹다가 몇 그램밖에 남지 않은 예쁜 틴들을 보면 그 차에 얽힌 기억이 새록새록 떠오릅니다. 이 차를 가졌을 때의 기쁨과 받았던 순간들, 그로부터 얼마나 긴 세월이 흘렀는지. 추억처럼 차들을 하나하나 되새기다 보면, 문득 마음도 오래 두면 빛이 바랜다는 생각을 하게 됩니다.

차가 낙엽이 되려면 적어도 2년쯤 되는 시간이 필요합니다. 마실 기회가 2년이나 있었음에도 불구하고 그 차를 보면서 '다음에'라고 생각하고 넘어가게 된 이유는, 어쩌면 어릴 때 스티커를 수집하던 것과 비슷한 마음인지도 모릅니다. 아끼는 스티커는 너무 예뻐서 차마 어딘가 붙여서

사용할 엄두가 나지 않아, 계속해서 뜯지 않은 상태로 컬렉션에 머물게 되지요. 하지만 차는 20년을 보관해도 괜찮은 스티커가 아니라, 식품이기 때문에 비극이 발생합니다.

예쁜 라벨이 붙은, 그렇지만 낙엽이 된 차를 몇 개째 뜯어 마시면서 '아, 이건 그분이 올해 정말 맛있었다고 주셨던 차, 이건 또 다른 분이 어머니 찻장에서 귀한 것을 몰래 보냈으니 비밀리에 마시라고 했던 차, 또 이건 5년 전에 여행을 가서 샀던 차' 하고 기억을 떠올립니다. 그런데 막상 우려낸 차가 이제 향과 맛이 바래서 그렇게 맛있지는 않을 때. 쌉쌀한 맛과 아직 남아있는 묘한 향기의 흔적을 더듬으며 생각하게 됩니다. '좋은 것을 바로 좋은 그때 누리는 일은 참 중요하구나' 하고요.

***

오늘은 아는 분을 뵙고 구움과자와 파운드 케이크, 그리고 1회분으로 소분된 다즐링을 선물받았습니다. 집에 돌아와서 정리를 할 때, 원래 버릇대로라면 저는 간식은 오늘 먹어야 하니까 접시에 차리고, 과자들에 어울릴 만한 차가 집에 있는지 찾아보았을 거예요. 오늘 받은 다즐링은 또 나중을 위해 소분 바구니에 넣어두고 말이지요. 하지만 그 순간 문득 떠오른 생각.

'오늘 받은 차를 바로 지금 뜯어 마시는 것만큼 잘 누리는 순간이 있을까?'

'나중에'라고 미뤄놓았던 모든 아끼는 마음들은 소분 바구니에 낡은 사진처럼 차곡차곡 쌓여 낙엽이 됩니다. 그래서, 오늘 저는 나중의 좋은 때가 아닌 바로 지금 이 차를 마시기로 합니다. 선물을 전해주신 마음의 빛이 바래기 전에 과감하게 차 봉투를 뜯고 우려내는 것이지요. 그렇게 곧장 뜯은 다즐링은 신선한 오렌지 향이 듬뿍 나는 파운드 케이크와 얼마나 잘 어울리던지요. 바로 지금 둘을 같이 먹는 선택을 하지 않았다면 분명 후회했을 오늘의 티타임은 모든 부분이 정말로 완벽했습니다. 그 기쁨은 언젠가 올 미래가 아닌 바로 지금에 있는 것이었지요. 차를 그 순간 가장 행복하게 즐기려면 언제나, '혹시 다음에 또 좋은 때가 있지 않을까' 하는 의심을 넘어 지금을 최고로 사랑하는 용기가 필요함을 또 한 번 깨달은 때였습니다.

낙엽 처리의 해. 올해 저는 가급적 햇차를 사지 않는 것과 더불어 선물받은 차는 곧장 마셔버리겠다는 목표도 같이 세울 생각입니다. 낙엽 처리는 묵은 차를 마시는 일일 뿐만 아니라 새로운 낙엽을 만들지 않는 일이기도 할 테니까요.

남에게 무엇을 주는 마음은 참 소중합니다. 나를 떠올리며 '이런 걸 좋아하시겠지, 이것도 누려보시면 어떨까' 하고 생각해 주는 마음은 참 드물고도 따뜻해서, 받으면 곧장 마셔 없애기 아까운 바람에 보관하려고 하는지도 모릅니다. 하지만 오래된 사랑이 추억으로는 남아도 설렘은 사라지듯 마음도 너무 오래 보관하기만 하면 빛이 바래게 된다는 것을, 천천히 향과 맛을 잃어가는 차는 우리에게 소리 없이 가르쳐 줍니다. 또, 선물하는 입장에서는 아무래도 차를 보내는 마음이 편지와도 같아서, '잘 마셨어요!' 하는 말이 들려올 때 마치 기다렸던 답신을 받은 것처럼 즐겁기도 하니까요.

다행히도 차는 다른 선물에 비해 시간의 융통성이 좋습니다. 과일이나 간식과 달리 몇 달은 그대로 두어도 문제가 없는걸요. 그러니 너무 늦지만 않게, 내가 가장 편한 시간에 아끼지 말고 포장을 뜯어 누군가 전해 준 상냥한 마음을 떠올리며 그 맛과 향을 즐겨볼까요. 그렇게, 차로 건네는 선물과 낙엽을 만들지 않는 용기는 오늘도 나에게 행복을 선사합니다.

생생한 봄의 시상, 다즐링 퍼스트 플러시

흰 솜털에 싸인 어린 찻잎, 신록의 풋풋한 향, 따뜻해진 햇살의 부드러운 맛. 응축된 생명력이 느껴지는 고소함. 때로는 봄비로 젖은 흙에서 발아하는 새싹, 어쩌면 잘 마른 희고 보송한 면직물에 내려앉은 햇볕, 언젠가는 열심히 달려가는 아이들의 웃음소리가 들리는 벽돌집 화단의 한 송이 민들레.

차 정보

다류 / 홍차

산지 / 인도

수색 / 밝은 오렌지빛이 감도는 진한 노랑

향과 맛 / 그윽한 재스민과 싱그러운 봄
나물 향에 은은한 단맛

어떻게 우릴까

찻잎 양 / 3g

물의 양 / 1회 300ml

온도 / 금방 끓인 물 사용

시간 / 3분

어울리는 다구 / 빛이 투과되는 유리 다구

추천 우림법 / 서양 차 우리기

요즘다인 says

◦ 시즌마다, 다원마다 맛이 어떻게 다른지 찾아보는 묘미가 쏠쏠하니 아끼지
  말고 맛에 활력이 있을 때 열심히 마셔보세요!

◦ 가장 생생하고 소중한 순간을 같이 경험하고 싶은 사람에게 선물하기 좋아요.

◦ 첫 맛에 엄청나게 혀가 조이는 느낌을 받을 수 있어요. 지극히 정상입니다!
  떫은맛 뒤편에서 느껴지는 봄날의 향긋함을 찾아 떠나봅시다.

가지마다 다른 꽃이 핀 나무처럼

어떻게 봐도 수상한 사람?

"혹시 무용하는 분이세요?"

"전공이 어떻게 되시나요?"

"차 사업을 하시나요?"

"한국 분 맞으세요?"

외출에서 자주 듣게 되는 질문 4종 세트. 그러니까, 한복을 입고 찻집이나 갤러리에 가면 듣게 되는 질문 목록입니다. 마침 요즘 구매한 새 옷이 종아리 아래까지 내려오는 위풍도 당당한 검은 장옷에, 비단으로 된 허리띠, 범상치 않은 노리개까지. 어딜 보나 보통 사람은 아닌 것 같은 인상인 걸까요? 하지만 보통 사람도 그냥 멋있으니까 그런 옷을 입을 수 있는 건데.

차를 마시기 시작한 것도 5년이 더 넘었습니다. 그러다 보니 차와 연계된 여러 가지 다른 취미도 생겨나게 되었습니다. 생활 옷으로 전통 옷을 입는 것부터 집에서 환기를 위해 향을 피운다거나, 갤러리에 도자기 전시를 보러 간다거나, 마음을 가다듬는 취미로 서예를 한다거나, 전통 동양 보드게임인 마작을 한다거나. 각각 떼어놓고 보면 별스러운 취미로 보이는 이 일들은 '차를 마시다 보니'라는 한마디로 이어집니다. 더 예를 들자면 꽃꽂이하기, 골동품 수집하고 감상하기, 필사하기, 독서하기…. 어쩌다 그렇게 된 거냐고요? 답은 '차 문화'라는 단어에 있습니다.

차 사는 손님에서 그릇 사는 손님 되기

찻집에 가보면 대체로 공간을 빼곡하고 예쁘게 꾸며놓았습니다. 아무래도 차를 좋아하는 사람이 찻집을 하다 보니 차에 관한 물건에 좋아하는 취미가 더해진 인테리어들을 많이 볼 수 있는데요. 기본적으로 찻잔이나 찻주전자 같은 온갖 다기들과 찻상 꾸미기 용품들이 보입니다. 그리고 차를 위한 공간을 가진 김에 들어서는 장식들이 있습니다. 이를테면 자리와 자리 사이에 드리우는, 손으로 얇게 짜서 너머가 비칠 듯 말 듯 운치 있는 대나무 발이라거나, 창에 드리워서 바깥의 소란스러운 풍경을 한 겹 엷게 가려주며 바람에 펄럭이는 명주 천이라거나…. 아예 천창이나 지붕을 하나의 갤러리로 삼아, 옥상에서 자라는 풀 그림자를 해가 바뀜에 따라 다른 모양으로 벽에 비치게 하는 인테리어도 있습니다. 이런 곳에는 높은 확률로 벽에 전통 동양 채색화도 한 점 걸려있고, 가게 이름을 멋들어진 한문으로 쓴 액자도 편액처럼 걸려있고, 선반 꽃병에는 그 계절의 꽃도 꽂혀있습니다. 은은한 배경 음악은 덤이지요.

이런 공간에는 비슷한 취향과 비슷한 관심을 가진 사람들이 들르기 쉽다 보니, 작가님들의 전시가 있다거나 콜라보 행사를 개최하는 일도 잦은 편입니다. 도자기나 차 용품을 만드시는 분들의 전시가 가장 많고, 그림이나 서예, 개인 소장품 전시도 종종 열리곤 하지요. 자주 가는 찻집에서 그런 소식이 들리면 일단 날 좋은 주말에 차도 마실 겸 겸사겸사 가게에 들르게 됩니다. 별로 아는 것이 없어도 천천히 진열된 것들을 둘러보고, 때로는 전시를 기획하신 분들과 대화를 나누기도 합니다. 예술은 잘 몰라도 취향은 있으니 개중에 마음에 드는 것은 유심히 들여다보기도 하지요.

차를 마시는 분들이나 찻집 사장님들 가운데에는 도자기나 차 도구에 관해 잘 아시는 분들이 꽤 있어, 종종 그런 분들의 설명을 듣게 되는 기회도 있습니다. 찻집에서 열리는 단기 강좌에 참석하기도 하고, 그러다 보면 또 호기심이 생겨 이리저리 책을 찾아보게도 됩니다. 이런 분야의 책들은 도서관에 없거나 절판된 경우도 잦은데요. 이때다 싶어 친구들을 동원해 각종 대학 도서관을 뒤져 책을 돌려 읽기도 했지요. 이런 쪽 사연도 늘어놓자면 한바탕 길게 할 수 있겠습니다만, 어쨌든 그렇게 가까운 거리의 여러 취미들을 들쑤시고 다니다 보니, 언젠가부터 분야가 바뀌어도 본질은 변하지 않는다는 기분을 느낄 수 있었습니다.

서예, 도자기, 그림, 골동품…. 이런 것들에는 '동양 정신 문화'로 이어지는 하나의 큰 흐름이 있는 걸까요. 마음을 고요하게 가다듬고, 몸의 중심을 확고하게 잡으며, 자유롭게 놓아두는 것 같으면서도 손끝의 감각까지 세심하게 느끼기. 서예를 연습하다 알게 된 이 깨달음은 의외로 말차를 탈 때와 별로 다르지 않았습니다. 그때부터였지요. 차와 이어진 이 모든 취미가 점점 더 즐거워지기 시작한 것은.

취미에서 취미로, 문화에서 문화로

위에서는 찻집과 꽤 직접적으로 이어진 취미 분야를 이야기했는데, 이번에는 조금 더 일상에 가까운 취미를 차와 함께 시작하게 된 경위를 말씀드려 보겠습니다. 꽃꽂이와 독서, 필사, 편지 쓰기에 관한 이야기입니다.

차는 마음을 차분하게 해줍니다. 찻주전자를 덥히고, 차를 우리고 따라내는 과정은 번거롭지만 익숙한 일이기도 해서 안정이 되지요. 막 따라낸 차 한 잔을 손에 들고 가만히 향을 맡고 있으면 절로 마음이 느긋해집니다. 그렇게 느긋한 마음으로 티 테이블을 바라보고 있자면, 어쩐지 마시는 공간을 꾸며보고 싶은 마음이 듭니다. 찻집 테이블 위에서 주변 분위기를 화사하게 만들어 주던 꽃 몇 송이를 기억한다면, 그리고 골동품 가게에서 보았던 멋진 화병을 생각한다면, 특별한 날이나 선물이 아니더라도 집을 장식하기 위한 꽃을 한번 사보고 싶은 생각이 들기도 합니다. '특별한 날도 아닌데 무슨 꽃이야'라는 생각이 '꽃은 공간을 멋지게 만드는 것'이라는 인식으로 바뀌어 꽃을 구매해서 집에 두고 싶다는 마음에 쉽게 다다르게 된달까요. 처음에는 그렇게 아무것도 모르고 꽂아두던 꽃이었지만 점차 꽃을 좀 더 예쁜 모습으로 오래 보고 싶은 마음이 들어, 물을 갈아주는 것 외에도 잎과 줄기를 다듬는 법, 계절별 관리법, 예쁘게 꽂는 법 등을 찾아보고 연구하게 되었습니다. 혼자서 하게 된 제 아마추어 꽃꽂이는 그렇게 시작했답니다.

좋아하는 음악을 배경으로, 따스한 전구 색 조명이 천장으로 쏘아져 빛의 비가 내리듯 은은한 반사광이 내려앉은 티 테이블. 이런 곳에서는 아무래도 느긋하고 차분하게 할 수 있는 일들에 관심이 가곤 합니다. 책 읽기, 글 쓰기, 레이스 짜기. 자수나 뜨개질에도 슬쩍슬쩍 관심이 가고요. 그러다 보니 제 티 테이블 옆 책장에는 관련된 공예 서적도 몇 권이 놓여 있습니다.

차를 마시면서 책을 읽는 느긋한 시간은 그냥 책만 읽을 때와는 또 다른 일상의 넉넉한 쉼을 제공합니다. 제 이웃분들께서는 서로서로 책을 추천하며 자신이 다 읽은 도서를 차와 함께 부치는 경우도 있고, 또 모여서 다른 이야기 없이 책만 조용히 읽다가 헤어지는 독서 차회를 개최하기도 하는 모양이에요. 그런 자리에서 얻게 되는 경험은 어떤 독서 모임과도 다르고, 혼자서 읽는 책에 차가 더해져 독서가 풍성해지지요. 저는 독서 차회에 나가본 적은 없지만 책을 부쳐본 적은 있습니다. 받은 책을 차를 마시며 읽기도 하고 말이지요.

필사나 편지 쓰기로 말할 것 같으면, 예쁘게 꾸며놓은 티 테이블에서 하기에 정말 적당한 활동입니다. 받는 사람과 그와 어울릴 만한 아름다운 편지지를 고르고, 분위기를 내기 위해 촛불도 하나 밝혀놓고, 받았던 편지를 한 번 더 읽어보고는 한 글자씩 써 내려가기 시작합니다. 오후 여덟 시 반, 저녁도 다 먹은 후의 느긋한 차의 시간에는 잔잔한 피아노 소품곡이 흐르고, '안녕하세요?'부터 시작하는 요즘 근황과, 때때로 편지와 함께 오는 선물에 대한 감사 인사, 이야기하다 보니 떠오른 상대에 관한 염려, 평소 전하고 싶었던 말들이 사각사각 종이 위에 올라앉습니다. 이렇

게 편지를 쓰고 있으면 차로 인해 느긋해진 마음이 서서히 움직여 상대에게 가닿는 것만 같고 어딘가 마음이 따뜻하게 차오르는 기분이 듭니다. 서로 떨어져 있기에 보내는 편지이지만, 그 순간 확실하게 타인과 이어져 있는 기분을 느낀다고나 할까요. 어쩌면 차와 함께하는 시간 덕에 감성과 감각이 가득 깨어나서, 그 시간 동안 마음에서 나오는 말들이 더 특별해지는 건지도 모르겠습니다.

저는 주로 편지를 쓰는 편이지만, 차를 드시는 분들 중에는 차 자리에서 필사를 하는 분들도 꽤 계시다고 해요. 좋아하는 책을 글로 옮기거나 좋아하는 노랫말을 한 자 한 자 아름다운 색으로 옮기시는 분들. 그런 분들의 말씀을 들어보면 필사는 다른 사람의 글을 베껴 쓰는 것인데도 불구하고 차분하게 자기 자신을 돌아보고, 자신이 좋아하는 것을 바라볼 수 있는 무척 좋은 시간이 된다고 하더라고요.

***

차를 마시다 보면 어느새 그 주변에서 볼 수 있는 문화와 취미에 서서히 자연스럽게, 마치 가랑비에 옷 젖듯이 스며들어 있는 자신을 발견하게 됩니다. 특히 그림 보는 법을 익히는 건 정말 재미있었습니다. 도자기를 잘 보게 되는 것도 즐거웠지요. 저는 차를 마시기 이전, '서울에 왔으니 한 번쯤 가봐야지' 하며 들렀던 국립중앙박물관과 차를 통해 이것저것 알게 된 후에 들른 박물관이 얼마나 달랐는지를 기억하고 있습니다.

알기 전에는 보이지 않던 액자 속 붓의 움직임, 생생하게 살아 움직이는 듯 먹에 깃든 활력, 탄력. 그림의 여백과 상상의 여지와, 근경과 원

경이 나누어지면서 동시에 이어지는 리듬감. 도자기에서 다채롭고 오묘하게 나타나는 빛깔, 형태의 아름다움, 표면의 유약과 질감…. 작품의 세세한 아름다움을 살피는 눈을 가지고 박물관에 들어서자 새로운 세계가 눈앞에서 커다랗게 열리는 느낌이 들었습니다. 차를 마신다는 것은 실로 이 모든 것이 이어져 있는 거대한 문화 속에 발을 들이는 일입니다.

한복은 그 많은 요소들 중 하나일 뿐입니다. 한복의 멋을 재발견하고, 특별한 날이 아니어도 종종 입고 나가고 싶은 기분이 들게 하는 것은 부쩍 가깝게 다가온 생활 속 문화가 해주는 일입니다. 한복을 입고 나선 김에 고궁으로 나들이를 가거나 궁궐에서 하는 전시를 찾아보러 다니는 일은 어쩌면 당연하지요. 그렇게 전시와 나들이를 가는 데에는 찻집이 빠질 수 없으니 또다시 새로운 가게를 찾아 나서거나 익숙한 가게에 들러서 새로운 사람을 만나게 됩니다. 그러니까 그런 곳에서 '뭐 하시는 분이세요?'라는 질문을 들으면, 이 모든 이야기를 한 번에 다 설명할 수 없어서 저는 그만 곤란해지면서도, 이내 즐거운 웃음을 얼굴에 띠고 맙니다. 그리고 대답하지요.

"그냥 이런 거 좋아하는 사람이에요."

처음 차를 시작하고서부터 이 모든 취미와 취향을 가지기까지 지나온, 한 번에 다 설명할 수 없는 이야기. 마치 가지마다 다른 꽃을 피운 나무처럼, 때로는 저를 종잡을 수 없는 인물처럼 보이게도 하는 이야기. 저는 딱 차만 좋아하는 것도 아니고 그냥 이것저것 좋아하는 게 많은 사람입니다. 누가 보면 박학다식하고 누가 보면 이리저리 얕은 물에 발을 담그기만 한 것이겠지요. 하지만 차를 통해 만난 세상의 온갖 멋진 것들을 기쁘게 들여다보고 누릴 수 있는 이 삶이 저는 즐겁기만 합니다.

시간의 밀도, 보이생차

헛바닥을 아릿하게 조이는 쌉쌀함과 입천장을 타고 비강으로 시원하게 넘어가는 개운한 향의 대비. 시간이 갈수록 둘의 경계는 점점 옅어지고 마침내 모든 것이 담긴 탱탱한 질감의 탕으로 완성됩니다. 차의 변화 과정을 함께하는 경험도 특별하고요. 넘김 이후 올라오는 포근한 향긋함이 화룡점정.

차 정보

다류 / 보이차

산지 / 중국 운남성

수색 / 맑은 노랑에서 호박색까지 숙성도에 따라 다양

향과 맛 / 꽃과 과일의 싱그러움과 꿀의 달달함, 동시에 느껴지는 맑은 떫은맛

어떻게 우릴까

찻잎 양 / 4g

물의 양 / 1회 100ml

온도 / 금방 끓인 물 사용

시간 / (세차 7초)-5초-5초-5초-10초-이후 점차 시간 늘리기

어울리는 다구 / 개완

추천 우림법 / 동양 차 우리기

요즘다인 says

○ 숙성하며 달라지는 맛을 즐기는 차라고 해도, 습도 조절과 적절한 거풍이 없
으면 맛이 없어지고 몸에도 해로워요. 차도 식품이니까요.

○ 한두 잔 마셔보고 매력을 찾기 힘들었다면, 위장에 향과 맛을 쌓는다는 느낌
으로 드셔보세요. 어느새 식도를 타고 올라와 비강을 진동하는 맛이 있을 거
예요. 물론 몸이 힘들다면 당장 멈추세요!

○ 개인적으로 맛을 알기에 경험치가 많이 필요한 차가 아닌가 싶은데요. 그런
만큼 찻집에 가게 되면 적극적으로 추천을 요청해도 좋겠습니다. '보이생차
를 마셔보고 싶은데, 너무 쓰거나 떫지는 않았으면 좋겠고' 하면서, 원하는
맛에 대해 이야기해 보세요.

저는 손님인데요?

굽이굽이 길도 어려운 골목을 찾아 들어가면 딸랑, 하고 문 위에 매달
아 놓았던 종이 울리고, 가게 사장님으로 보이는 분이 슬쩍 고개를 내밉
니다. 그리고 초면이라면 어김없이 나오는 대사.

"여기는 어떻게 알고 오셨어요?"

아니, 가게를 여셨으니까 찾아서 왔지 뭘 어떻게 알고 왔겠습니까? 혹
시 어디에도 가게 정보를 공개하지 않고 비밀스러운 업장을 운영하고 계
신데 제가 눈치 없이 이렇게 불쑥 찾아 들어온 건가요?

그 시절, 그러니까 차가 사람들에게 본격적으로 인기를 끌기 시작하
기 몇 년 전쯤에는, 찻집이 붐비는 일이라고는 거의 없었습니다. 한산한
가게. 카페처럼 손님이 많지 않으니 수지 타산을 맞추기 위해 임대료가
비싼 대로변이 아닌 굽이굽이 골목으로 찾아 들어가야만 다다를 수 있

는 곳에 찻집을 지었지요. 거기다 손님의 정체는 차를 마실 리가 없어 보이는 무려 '젊은 사람'! 차가 중장년층의 우아한 취미로 여겨지던 때였습니다. 사장님께서 궁금증을 못 이길 만도 하시죠. 이어서 날아드는 질문 2호.

"젊은 분이 차를 드시네요?"

차에 관심을 가질 가능성이 적은 사람이 차에 이렇게나 관심을 가지고, 거기다 무려 이 가게에까지 복잡한 골목을 넘어 찾아왔기 때문에 나오는 질문입니다. 하지만 여전히 찻집에서는 요즘에도 이런 질문이 등장하곤 합니다. 어떻게 알고 오셨어요? 사장님…. 인스타그램 하시잖아요. 인터넷에 검색하면 가게 주소도 나옵니다. 이런 질문에 답하기는 항상 어렵지만 그만큼 보기 힘든 새로운 손님이 된 만큼 사실 사장님도 흥미진진한 눈으로 저를 주시하고 계실지 모릅니다. 이런 관심이 부담스러운 분께는 좀 더 붐비고 '카페 같은' 찻집을 추천드려야겠지만, 이 시절의 찻집 모험기에는 그만큼 재미있는 온갖 사연들도 얽혀있습니다.

초면인 사람끼리

서울의 모 찻집. 주택가와 상업 건물이 늘어선 골목 뒤로는 대로가 펼쳐져 인파가 북적이고 차들이 쌩쌩 달리고 있지만 이 가게에서 보이는 풍경만큼은 고즈넉합니다. 담장을 두른 공원을 바로 앞에 풍경으로 끼고 있지요. 처음 이 찻집에 들어섰을 때, 저는 지금까지 들렀던 어떤 찻집과도 다른 광경에 놀랐습니다. 사장님은 긴 테이블 안쪽에 앉아있고, 그 맞은 편에는 다른 분이 앉아서 차를 마시고 있고, 이외에 모든 테이블은 텅텅 비어있었습니다. 처음 보는 사장님과 손님은 저를 보고 말했습니다.

"같이 앉으실래요?"

여기서 "어…. 아니요" 하고는 혼자 다른 빈 테이블을 차지하고 어색하게 앉아있기도 좀 그래서 엉겁결에 옆자리에 앉았습니다. 두 분 다 저보다 나이가 서른 살은 더 많으실 것 같았고, 실제로도 그 연령대의 대화를 나누고 있었습니다. 자식 이야기, 인생 이야기, 사업 이야기…. 뭐 그런 것들이었지요.

"어떻게 알고 오셨어요?"

여기서 이 질문은 대화를 부드럽게 풀어나가는 시작입니다. "아, 뭐…. 찻집을 찾아서 보다가 왔지요"라고, 사실과 그리 다르지도 않은 말을 대강 얼버무리고 있으면 차가 제 잔에도 한 잔 따라져 앞에 놓입니다. 어떤 차인지 물어보고, 무슨 차인지 설명해 주면서 이야기의 물꼬가 조금씩 트이다가, '젊은 사람'이 끼었으니 이제 주제는 다 같이 말을 나누기 좋은 쪽으로, 이를테면 차 취향, 이 가게에서 보는 풍경, 요즘 살면서 하는 생각들 등으로 번져갑니다. 이런 주제들은 나이와 상관없이 누구와도 나눌 수 있는 이야기들이어서 재미있더라고요. 물론 사람과 나이에 따라

달라지는 견해를 듣는 것도 흥미롭습니다.

　그러다가 정신을 차려보면 '모르는 손님'인 옆자리 분께서는 거래처에서 선물을 받아왔다며 옆에 있던 쇼핑백에서 과자를 꺼내고 있고, 그분보다 서른 살은 더 어릴 저는 "아유, 그렇군요. 잘 먹겠습니다" 하고 사장님과 세트로 인사를 하고 있습니다. 퍽 화기애애한 분위기로 간식까지 나누어 먹다가 먼저 왔던 손님이 자리를 뜨면, 때때로 사장님은 옆에 계시던 분이 어떤 사람이라고 슬쩍 귀띔해 주시기도 하는데, 그 면모도 다종다양. 찻집에는 생각 외로 무척 다양한 사람들이 이런저런 때에 드나든다는 것도 알 수 있습니다. 그리고 어쩌면 저도 그렇게 누군가에게 소개된 사람 가운데 하나일지도 모르지요. 아직 학생인데 차를 참 좋아해서 종종

오는 분이세요. 뭐 그런 설명이지 않을까요?

그 찻집에 간 일이 기억에 남는 이유는 찻집 사장님과 손님이 얼굴을 마주하고 차를 마시는, 그러한 방식으로 차를 대접하는 찻집으로서의 첫 번째 경험이었기 때문입니다. 하지만 나중에 그런 가게들이 꽤 있다는 것을 알게 된 후에도 그곳에서의 만남들을 기억하는 이유는, 그렇게 자리를 함께하면서 어색함 없이 부드럽게 섞여드는 모르는 관계의 경험들이 돌아보니 제 삶에 새롭고 활력을 주는 것들이었기 때문입니다.

찻집에서는, 특히 동양 차 가게에서는 카페처럼 테이블을 두는 경우도 있지만 마치 바처럼 찻집 주인과 손님이 서로 마주보고 이런저런 이야기를 나누면서 차를 마시는 곳도 꽤 있었습니다. 그런 가게에서는 문을 열면 기다란 의자가 하나 놓여있고, 어쩌면 옆에 다른 손님들이 앉아있을 수도 있지요. 그리고 이런 말이 여러분을 맞을 수 있습니다.

"앉아서 차 한 잔 드실래요?"

그다음은 '여기는 어떻게 알고 오셨느냐'와 '젊은 사람이 어떻게 차를 좋아하게 되었느냐' 하는 질문이 뒤따를 수도 있지만…. 그러려니 하는 마음으로 넘겨봅시다. 그보다는 처음 보는 사람끼리도 '차 한 잔 드시겠어요?' 하는 질문으로 시작해 이야기를 나눌 수 있고, 묘하게 따뜻하고 묘하게 거리감이 있어서 길게 이야기하다 보면 요즘 하는 고민까지 나눌 수 있는 찻집의 분위기를 즐겨보아요. 너무 가까운 사람에게는 털어놓을 수 없었기에 오히려 처음 보는 사람 앞에서는 가볍게 할 수 있게 된 말을 요. 그러다 보면 내가 지금 깊이 하고 있는 고민도, 또 나와 같은 시점에 다른 사람이 하고 있는 고민도, 서로 내용은 다르지만 같은 점이 보입니다. 누구나 인생에서 어려움 하나는 가지고 살아가는구나 하는 깨달음이지요. 그런 것을 느끼면 내 문제는 나에게 커다랗지만 크게는 또 별것 아닌 것처럼 느껴지기도 합니다. 그런 만남이 있던 날이면 왠지 자신을 객관적인 눈으로, 하늘 위에서 내려다보듯 바라보고 지금을 인정하게 되는 기분이 들어서, 아무것도 해결된 것은 없지만 마음이 편안해지곤 합니다.

무림 고수의 소문

찻집에 오래 앉아있으면 그 자리에 있는 사람뿐만 아니라 차 세계의 온갖 기이한 이야기들도 귀에 들어옵니다. 어떤 사람이 자사호 수집을 좋아해서 공산품이 아닌 작가 작품 자사호를 수백여 점이나 모았는데, 집에 진열할 공간이 부족해서 갤러리를 포함한 새 집을 짓기 시작했다는 이야기. 예전에 만났던 어느 보이차 수장가가 아주 잘난 체를 하면서 어마어마하게 비싸고 오래 묵은 차를 특별히 나누어 마시자고 내어놓았는데, 보통 차들의 천 배쯤 하는 값이라던 그 차가 정말로 천 배나 맛있었는지는 잘 모르겠었다는 가십거리들입니다. 이외에도 차와 관련 없을 것 같은 유명인, 연예인, 은퇴한 대기업 이사나 별별 손님들이 이 찻집에 드나든다는 이야기도 있습니다. 그냥 한번 들러보는 분도 있고 의외로 단골이라는 손님도 있습니다. 사장님께서는 그중 어떤 분이 출판한 책을 선물로 받았다며, 출간 축하 이벤트에 다녀온 이야기까지 해주셨어요.

이 이야기를 들은 찻집이 마침 그렇게까지 홍보가 되지 않은 오래된 찻집이어서 그런지 저는 그 찻집을 보고 왠지 무협 소설에 나오는 작은 만둣집 같다는 생각을 했습니다. 산 귀퉁이에서 조용하게 혼자 영업하고 있지만 무림 고수들이 드나들고 그들에 관한 소문도 왕왕 들려오는 범상치 않은 만둣집이요.

이렇게 찻집 탐방을 다니다 보면 저도 보통 차의 천 배는 아니지만 수십 배쯤 값하는 귀한 차를 마셔볼 기회도 있고, 엄청난 경력을 가지고 차에 관한 공부를 하신 분께 대접을 받게 되는 날도 있습니다. 처음에는 얼떨떨하고 이게 이래도 되는 건가, 저 말이 정말인가 하다가도, 몇 번쯤 이런 이야기들과 에피소드들을 마주하다 보면 그 자리에 앉아서 내어준 차 한 잔을 호록 마시며, "그렇군요" 하는 여유도 생기곤 한답니다. 또 그렇게 들었던 이야기들을 책으로 쓰는 일도 생기게 되지요.

진짜 멋진 이벤트들

찻집에서 일어나는 재미있는 일에는 크게 두 가지가 있습니다. 손님끼리 인연이 닿아서 친해지는 일, 찻집에서 직접 재미있는 이벤트를 열어주는 일. 보통은 차 모임, 그러니까 다회가 찻집에서 가장 열기 좋은 이벤트이지만, 차만 마시는 것이 아닌 차를 겸한 온갖 모임, 특정 차를 테마로 하는 모임, 계절을 테마로 하는 모임 같은 재미있는 일들도 일어납니다.

술과 차의 여러 베리에이션을 선보이는 기획은 찻집들에서 비교적 흔합니다. 둘 다 마실 것을 다루는 비슷한 분야여서 차를 드시는 분들이 대개 술도 좋아하시는 걸까요? 그중 한 이벤트의 이름이 '술과 차가 함께 있는 장(場)'이라는 의미로 '주차장'이었다는 이야기는 지금 들어도 재미있습니다. 음악과 함께하는 고전 동양 차회에서는 금을 타는 분이 차 자리 옆에서 연주를 하시고, 야밤에 열리는 심야 차회에서는 촛불 빛 아래 일렁이는 찻잔과 차 향기의 운치를 즐깁니다. 계절감을 듬뿍 살린 꽃과 음식이 함께 준비된 다회는 한 번 다녀오면 그 분기의 문화생활은 다 한 듯 마음이 충만해지지요.

이런 모임들은 신청만 하면 참석할 수 있는 데다 찻집은 개인적인 이벤트를 열기에도 좋은 장소여서 개인 주최의 작은 모임들도 종종 있습니다. 다 같이 모여서 차를 마시며 책을 읽는 독서 차회, 필사를 하는 필사 차회, 제가 연 것 중에는 각자 손으로 공예품을 만드는 수공예 차회도 있었네요.

이런 차회에는 사람 사이를 이어주는 차가 있고, 또 모임의 목적도 확실하게 있기 때문에 처음 보는 사람끼리도 그리 어색하지가 않습니다. 이 모임에 오신 분이라면 당연히 모임의 주제를 좋아해서 참석한 분이시겠지요. 이렇게 공통 주제, 화제가 마련된 상태에서는 초면이라 해도 대화를 시작하기가 그리 어렵지 않습니다. 지금 나오는 음료나 오늘 티 코스 콘셉트에 대해서, 원래 차를 드시던 분인지 어떻게 좋아하게 되셨는지 이야기꽃을 피울 내용이 한가득이지요. 그러다 보면 저만큼이나 차를 좋아하는 분들을 많이 만날 수 있습니다. 글쎄, 어쩌면 저보다도 더 열정이 넘치는 분들일 수도 있지요. 자리에 참석하기 위해 기차를 세 시간이나 타고 오셨다든지, 따로 숙소를 잡으셨다든지 하는 경우도 있으니까요. 그렇게 처음 뵙는 분들 가운데서도 이야기를 나누다가 잘 맞아서, 차 자리만으로는 끝내기 아쉬운 마음에, 예정에 없었지만 같이 저녁을 먹거나 연락

처를 교환한 분도 계십니다. 그렇게 뵌 분이 이제는 평범한 차 이웃이 되어 있기도 하고요. '어떻게 알고 오셨어요?'로 시작한 찻집, 사람과 사람 사이 초대면의 장소는 그렇게 편안한 사교의 장이 되고 특별한 기억의 장소가 됩니다.

다음에 또 오세요

　찻집이 좋은 이유는 사람들 사이에 담백하고도 부담스럽지 않은 정이 있기 때문인 것 같습니다. 어느 찻집에서나 통용될 만한 인사인 '안녕히 가세요, 다음에 또 오세요'는 그런 중도를 지키는 거리를 보여주는 것 같습니다. 자주 가서 친해진 찻집에서는 사장님이 저를 너무 믿은 나머지 찻상을 차려주고는 손님만 두고 가게를 비우신다거나, 제 쪽에서 먼저 메뉴판에도 없는 메뉴를 물어본다든가 하는 일도 있지만 그럼에도 찻집에서 지나친 환대나 지나친 격의 없음을 겪어본 적은 없습니다. 그것은 어쩌면 공간이나 서비스를 팔기를 넘어서 찻집에서 '차'를 팔고, 그 차에 주인과 손님이 특별한 관심을 가진다는 데서 기인하는지도 모르겠습니다. 차를 대접하는 일은 필연적으로 상대를 정중하게 맞는 일이라서 어느 정도의 예절을 지킬 수밖에 없는 것 같다는 기분을 느껴요.
　찻집 주인도, 손님도, 손님끼리도, 언제고 찻집에는 항상 사람 사이에 차가 있습니다. 따뜻하게 오르는 김은 공간을 부드럽게 중화하고, 그 따뜻함만큼 상대를 반갑게 여기면서도 그 사이에 놓인 테이블의 거리만큼 상대를 존중하도록 하지요. 언제고 편안하게 찾아가서 좋아하는 음료를 마실 수 있는 곳. 나를 늘 반갑게 맞아주면서도 지나치게 불편하지 않은 곳. 잘 꾸며진 공간 이상의 의미를 가지고 사람과 사람 사이를 이어주며, 기분전환보다도 조금 더 깊은 쉼을 주는 곳. 그곳이 저에게는 찻집입니다.

귀를 사로잡는 바이올린 공연, 봉황단총

팽팽한 움직임으로 아찔하게 음계를 올리는 솔로 바이올리니스트의 활, 침묵하며 보는 중에도 두근거림에 요란해지고 연주가 끝나면 벅찬 감동에 휩싸이는 감각. 크고 화려한 꽃이 뿜는 농밀한 향은 단숨에 비강을 뚫고 정수리로 올라갔다 한 방울씩 고여 다시 똑, 똑, 떨어져 퍼져나 갑니다.

차 정보

다류 / 청차
산지 / 중국 복건성
수색 / 진한 노랑
향과 맛 / 화사한 꽃향기가 도드라질 만큼 살짝 떫은맛

어떻게 우릴까

찻잎 양 / 4g
물의 양 / 1회 100ml
온도 / 금방 끓인 물 사용
시간 / 20초-물을 붓자마자 바로-5초-10초-30초
어울리는 다구 / 개완, 다관, 자사호
추천 우림법 / 동양 차 우리기

요즘다인 says

∘ 개인적으로는 쌉쌀한 만큼 달콤하다는 생각을 합니다. 미묘하죠? 그 아이러
니가 매력인 것 같아요.

∘ 향이 굉장히 도드라지는 차입니다. 향기를 좋아한다면 반할 수밖에 없으실
지도! 아는 분께 봉황단총을 처음 드렸더니 '꽃을 녹여서 먹는 느낌'이라는
감상을 주셨어요. 호기심으로라도 한 번쯤은 꼭 드셔보시라고 추천하고 싶
습니다.

돌연 등장한 코로나 바이러스는 우리의 생활 방식을 너무나 크게 바꾸어 놓았습니다. 21세기에 이만한 역병이 창궐해 수많은 사람의 목숨을 앗아갈 거라고는 생각도 못 했거든요. 무시무시한 전염성으로 인해 사람들끼리의 접촉을 최소화해야만 했고, 일상의 모습도 상당히 달라졌습니다. 많은 기업에서 재택근무를 도입했고, 정부는 '거리두기'를 위해 식당의 영업시간이나 사적 모임의 인원수를 제한했지요. 어깨동무하며 '형님, 아우' 하던 정다운 술자리가 불가능해지자 회사에서는 랜선 회식을 시도하기도 했고요.

하지만 우리 어디 한번 솔직해져 보자고요. '굳이 비대면으로까지 이 사람들과 이러고 있어야 하나' 생각한 적 있지 않나요? 영업 가능 시간이 늘어나고 모임 가능한 인원수가 늘어날 때마다 회식의 부활을 두려워한다는 20~30대 직장인들의 인터뷰도 보았습니다. 새로운 상황에는 그에 맞는 새로운 방식이 어울립니다.

몇 년 전부터 새로운 시대의 인간관계론으로 '느슨한 연대'가 각광받기 시작했습니다. 각자 자신의 삶을 살던 개인들이, 공통의 목적이 있거나 입맛에 부합하면 결합하고 아니면 자유롭게 해산하는 식으로 지내는 인간관계를 말하지요. SNS에서 서로를 '팔로우'하는 것으로 이어지는, 그리고 팔로우를 그만두면 언제든 종결될 수 있는, 때로는 일방향적이고 일시적인 비대면 관계도 대표적인 '느슨한 연대'라고 할 수 있겠습니다. 즉, 결속 자체가 목표였던 과거 한국 사회의 주류 방식, 말하자면 '우리가 남이가!'와는 대척점에 있는 관계 방식입니다.

저는 차를 마시기 시작한 이후로 비슷한 연배의 친구들 몇을 알고 지내게 되었습니다. 이들 사이에는 첫째, 차를 마신다는 점, 둘째, 제 나이 또래라는 점 말고는 딱히 공통점이 없어서 정말 차를 마시지 않았다면 다른 자리에서 마주칠 가능성은 극히 낮았을 것입니다. 교류를 시작한 시점도 각기 다른 데다가 성격이나 생활 패턴도 제각각인 듯하고요. 왜 갑자기 확신이 없어졌냐 하면, 하는 일이나 사는 곳 또는 주로 뭘 하며 일상을 보내는지 등등 보통 사람들이 평소에 관계를 트기 위해 아이스 브레이킹 용으로 사용하는 그 모든 정보들이 없기 때문입니다. 실은 나이대도 추정에 가까워서, 알고 지낸 지 몇 년이 지났는데도 동년배임을 짐작할 뿐 대부분 정확한 나이는 모르고 있습니다.

이 친구들은 대부분 SNS로 처음 만났습니다. 차 마시는 사진을 하나둘 올리다 보면 어느새 비슷한 계정들을 마주치게 되는데, 이때 팔로우하고 '좋아요'를 누르거나, 댓글을 달아 첫인사를 나누게 됩니다. SNS에 올리는 하루하루의 차 자리를 지켜보며 상대의 취향을 눈치채고, 덧붙인 사담을 읽으며 근황이나 상태를 어렴풋이 알아채고요. '이분은 요즘 야근에 시달리느라 차 마실 시간이 부족해졌구나' '어머, 이분은 새로운 반려

동물을 만났구나' '근래에 안 보이시더니 멋진 곳에 여행을 다녀오셨나 봐', 이런 식으로 말이죠. 그렇게 가끔 안부를 물으며 대화를 주고받다 보면, 새 차가 생겼을 때 상대가 떠올라 "맛보시겠어요?"라는 말이 선뜻 나오더라고요. 보통은 이렇게 잔잔하게 흘러가다, 때로는 함께 찻집에서 마주 보고 앉아 담소를 나누고 즐거운 하루를 보낸 후 각자의 일상으로 다시 돌아가지요.

얼마 전에는 차가 취미인 이웃분과 우편으로 차 교환을 했습니다. 이것 조금, 저것 조금. 평소 드시는 걸 보면 이 차도 좋아하시겠지? 그런데 보내는 김에 이것도 한번 맛보시면 좋지 않을까? 주섬주섬 포장한 양이 한 박스. 귀여운 고양이가 그려진 메모지를 골라 쪽지도 써넣습니다. '최근 댁에 새 고양이 식구가 생겼다기에 고양이가 그려진 봉투를 보내봅니다.' 택배를 부치고 돌아오는 길은 날씨가 파랗게 개어 어쩐지 기분이 좋습니다. 며칠 후, 제 앞으로도 소포가 도착하네요. '선물을 꾸리는 것도 이렇게 즐거운데, 얼굴을 보면 얼마나 즐거울까요!' 편지를 맺는 한 줄이 마음을 울려 절로 미소가 지어졌습니다.

최근에는 SF 소설책을 한 권 읽었는데, 차를 홀짝이며 몰입하여 읽고 마지막 장을 덮고 나니 다른 이웃분이 생각났어요. SF 소설을 무척 좋아하셨는데, 이 책은 읽어보셨으려나? 연락해 보니 다행히 아직 읽지 않았다고 하셔서 냉큼 보내드리겠다고 택배를 싸기 시작했지요. 물론 함께 마실 차도 하나, 둘, 셋…. 어쩐지 예상보다 상자 안의 내용물이 푸짐해진 것 같지만, 이게 다 차 마시는 사람 사이의 정 아니겠어요. 그분께서는 제가 보낸 메시지를 확인하시고는 SF에 관심 있는 분을 만나서 반갑다며, 제가 읽지 않은 다른 SF 소설책 두 권을 보내주기로 하셨습니다. 어느 직

장에서 무슨 일을 하는지, 나이는 몇이고 생일은 언제인지도 모르지만, 좋아하는 차는 얼 그레이에 취미는 독서이고 만년필을 사랑하는 것은 알고 있습니다. 서로가 발견한 차 마시는 사진 한 장에서 시작해, 어느새 정답게 오가는 도서 교환은 아직도 신기하기만 합니다.

차를 마시는 사람들 사이에는 이런 교류가 활성화되어 있어서 자주 남에게 차를 보내기도 하고 받기도 합니다. 차 교환을 구실로 편지도 쓰고 같이 먹으면 좋은 간식도 동봉하지요. 때로는 각종 작고 예쁜 문구와 취향에 맞는 책까지 들어가, 어느새 우편 봉투가 택배 상자로 눈덩이처럼 불어나는 경우도 있습니다. 서로를 그다지 깊게 알지 않아도 요즘 즐기는 차 자리나 취향 이야기를 듣는 것만으로, 보낼 것도 보낼 말도 많습니다. 정성이 담긴 소포를 받으면 고맙다고 인사를 보내고, 받은 차를 마신 감상으로 시음기를 써서 안부를 전하는 일도 일상적입니다.

신기하게도 이런 차 이웃들과의 관계는 부담이 없습니다. 서로에게 '함께 차 마시는 사람'으로만 존재하기 때문에 학업이며 직업 등의 겹겹이 쌓인 사회적 맥락은 배제되고, 성품과 성향을 가진 오롯한 개인으로만 남게 되지요. 이렇게 본연의 나로만 존재할 수 있는 관계가 우리에게 얼마나 되던가요.

오히려 서로를 잘 모르다 보니 더 솔직해지기도 합니다. 상투적으로 하는 인사를 주고받지 않는다고 해서, 또는 한동안 서로 연락이 없었다고 해서 무신경하다거나 무성의한 것으로 여겨지지도 않습니다. 그냥 오늘은 그런 날이고, 이번은 그런 경우일 뿐 다른 의미를 부여하지 않거든요. 이다음 어느 날에는 커다란 상자에 마음을 잔뜩 담아 보내기도 하니까요.

"너 거기 있고, 나 여기 있지."

이 말이 명대사로 자리 잡은 영화 〈왕의 남자〉에서 사용된 맥락과는 영 멀어졌습니다만, 차 이웃들과의 관계를 설명하자면 이런 식으로 표현할 수 있겠네요. 우리는 각자 본래의 자리가 있고, 굳이 새로운 교류를 위해 그 자리를 벗어날 필요가 없습니다. 그러니 더더욱 손을 내밀어 챙겨준 햇차와, 신경을 써서 보내준 다양한 선물이 얼마나 세심한 마음을 바탕으로 나에게 도착한 것인지 알고, 이런 이웃의 일상이 평온하기를 진심으로 바라게 됩니다. 때때로 마주치면서 느슨하게 연결되고 다정하게 유지되는 이 관계는 적당한 거리감 속에서 꽤나 편안합니다.

그런 의미에서 저는 '다우(茶友)'라는 말보다 '차 이웃'이라는 말을 자주 사용하곤 합니다. 어쩐지 찻상을 함께하고 앉아야만 할 것 같거나 친밀하게 서로를 알고 있어야 할 것 같은 '친구'보다도 이 관계는 '이웃'에 가까운 것 같습니다. 각자의 생활 방식은 달라도 마주치면 짧게 인사하듯 안부를 전하고, 좋은 음식이나 좋은 일이 있으면 주고받는 관계. 바로 이웃이지요.

저에게 차가 맛 이상으로 따뜻한 기억이 된 데는 이런 이웃들과의 교류, 다정한 차 문화가 해준 역할도 크다고 생각합니다. 저는 차 일기 노트의 맨 뒷장에, 그 노트를 쓰는 동안 이웃들에게 받은 편지를 함께 넣어놓습니다. 한 장의 엽서와 쪽지들이 모여 두툼한 종이 뭉치가 될 때쯤에는 예쁘게 묶어 전용 상자에 넣어줍니다. 그러다 문득 추억이 살아나는 날에 다시 펼쳐 보면, 사각사각 써서 보내주신 메시지들에서 편지를 받았던 그날 그때의 소리마저 들리는 듯합니다.

찻집에서는 차를 마시며 정담을 나눕니다. 해가 밝은 날에, 비가 오는 날에, 눈이 소복소복 내리는 날에, 물 끓는 소리와 차 향이 피어오르는 공간은 어쩐지 편안해 어렵지 않게 말을 주고받게 됩니다. SNS와 우편으로만 대화하다가 처음으로 약속을 잡고 함께 방문한 찻집. 초면이라 낯설어도 대화의 소재는 테이블 위에서 솔솔 피어납니다. 반대로 우연히 찻집에서 처음 마주쳐 대화를 주고받았는데, 어느 날 SNS 계정으로 '안녕하세요! 저번에 어느 찻집에서 만난 분인 것 같아 연락드려요' 하고 메시지가 와 인연을 이어가기도 하고요. 차라는 구체적인 소재 하나만으로 오갈 수 있는 다정한 일들이 이렇게나 많습니다.

향긋함만 마시는 것일까요? 아니요, 그날의 볕과 바람, 그윽한 마음과 인사들을 이 한 잔에 담아 마십니다. 여기에 필요한 건 따뜻한 물과 차를 마실 잔 하나. 글을 읽고 있는 여러분께도 권해보고 싶어요. 바로 오늘, 차 한 잔 마시며 새로운 이웃을 사귀어 보면 어떨까요? 거창한 자기소개가 없어도 여러분이 마시는 그 한 잔의 차만으로 다인들은 은은한 환영 인사를 해줄 거예요.

안부를 전해주세요, 랍상소총

눈 내리는 겨울의 산장, 난로 근처에 놓인 빨간 체크무늬 모직 담요, 문가에서 딸랑거리는 희미한 종소리와 부엌에서부터 풍겨오는 따뜻한 오븐 구이 요리 냄새. 서가마다 책으로 빼곡한 서재에서 편지지를 놓고 사각사각 글을 씁니다. 안부를 물으며 한 장, 소식을 전하며 또 한 장. 다정한 마음이 봉투 안에 켜켜이 담겨 먼 곳으로 전해집니다.

차 정보

다류 / 홍차
산지 / 중국 복건성
수색 / 진한 주홍빛
향과 맛 / 묵직하면서도 확연하게 전해오는 훈연 향과 엷은 상큼함

어떻게 우릴까

찻잎 양 / 4g
물의 양 / 1회 100ml
온도 / 금방 끓인 물 사용
시간 / 20초 - 물을 붓자마자 바로 - 5초 - 10초 - 30초
어울리는 다구 / 개완
추천 우림법 / 동양 차 우리기, 서양 차 우리기

요즘다인 says

- 미트볼, 라구 등 육즙이 두드러지는 음식이나 페퍼로니 피자와 같이 가공육이 포함된 음식과도 궁합이 좋습니다. 입을 개운하게 해주는 느낌까지 받아보세요.

- 찻집에서 종종 '베이컨처럼 훈연 향이 있어서 호불호를 좀 탈 수 있어요'라는 코멘트와 함께 소개되는 차인데요. 평소 위스키나 향이 독특한 술을 좋아하신다면 랍상소총도 마음에 드실 확률이 높습니다. 너무 겁내지 말고 시도해 보세요!

요즘다인과 함께하는 다구 쇼핑 가이드

차를 마시자. 다구를 사자. 하지만 뭘 사야 하지?

모르는 분야의 쇼핑은 고난입니다. 다구는 종류도 많고, 이름도 낯설고, 심지어 가격도 천차만별. 잘 알지도 못하는데 어떤 걸 사야 좋은지도 모르겠고 어디서 사야 괜찮은 건지도 모르겠습니다. 그냥 '차호는 이런 용도, 숙우는 이런 용도' 정도로 알기만 해서는 부족하다고요.

그런 여러분을 위해 요즘다인이 준비한 다구 쇼핑 가이드. 저희가 차 초보일 때 겪었던 이런저런 어려움과 쇼핑의 즐거움을 되짚어 다구 쇼핑의 세계로 안내해 드립니다.

°내가 보기에 예쁜 다구가 최고의 다구

다구는 내가 매일 보고 쓰게 될 나만의 차 친구입니다. 그러니 당연히 내 눈에 예쁜 다구가 제일이겠지요. 다구 쇼핑의 첫 번째 기준은 '어머, 이거 정말 예쁘다!'라는, 소위 느낌이 팍 오는 것입니다. '내가 차를 잘 모르는데 다구를 골라도 되는 건가' '추천을 받는 게 좋지 않을까' 하는 생각보다는, '내가 좋은 게 좋은 거지!'라는 생각으로 고릅시다. 결국 내가 예뻐서 산 물건을 가장 오래 쓰고, 나중에 취향이 변해서 도로 내놓을 때도 후회가 없더라고요.

°내가 아깝다고 생각하지 않는 가격이 최적의 가격

다구의 가격은 천차만별. 이게 좋은 물건일까? 차는 그래도 고급스러운 취미인데 좀 괜찮은 걸 사야 하지 않을까? 많이 고민되시겠지요. 제가 처음 샀던 개완의 가격은 2만 8,000원이었습니다. 그때는 그것도 제가 살 수 있는 범위 내에서는 조금 큰마음을 먹어야 했던 가격이어서, 몇 번이고 그 개완을 파는 가게에 들러 고민 끝에 샀던 기억이 나네요. 물론 그렇게 심사숙고해서 산 얇은 청자색 개완은 몇 년 동안이나 제 차 자리에서 활약하다 다른 분의 손으로 넘어갔습니다.

차를 처음 시작할 때는 부담 없는 가격으로 시작하는 게 좋다고 생각합니다. 처음 가진 취미에서는 2~3만 원도 꽤나 돈을 쓰는 기분이 들지 않나요? 가격이 저렴하다고 해서 꼭 질이 나쁜 다구는 아닙니다. 국내외의 많은 쇼핑몰에서 합리적인 가격에 다양한 다구를 판매하고 있으니 충분히 둘러보고, 마음에 들면서도 살 만하다고 생각되는 물건을 고르도록 합시다.

°실제로 사용해 볼 수 있으면 제일이지만

다구를 함께 판매하는 찻집에 가거나 차 박람회 부스 같은 곳을 들르면, 실제로 다구를 사용해 보고 고를 수가 있습니다. 개완은 크기나 모양에 따라서 잡을 때의 느낌도 다르기 때문에 실물을 보고 잡아볼 수 있으면 아주 좋지요. 차호나 숙우는 물이 다른 데로 흐르지 않고 깔끔하게 잘 따라지는지 등을 체크하기도 합니다.

하지만 집에 앉아서 수백 가지 물건들을 간편하게 구경하고 가격을 비교해 볼 수 있는 인터넷 쇼핑몰의 장점도 무시할 수 없지요! 직접 사용해 볼 수 없어도 마음이 꽂히는 물건이 있다면 어쩌겠어요, 사야지요. 몇 번 구매하다 보면 적당히 인터넷 쇼핑몰에서 물건을 보는 데에도 익숙해집니다.

°마음을 가볍고 두근두근하게

새 다구를 사는 것은 새 운동화를 사는 것과 별로 다르지 않습니다. 자주 쓸 물건이기에 몸에 맞았으면 좋겠고, 적당히 돈을 투자하면 좋지만 또 너무 많이 쓰기에는 좀 망설여집니다. 그런데도 오래오래 두고 쓸 예정이라면 돈을 더 쓰기도 합니다. 누군가에게는 제 기능만 하면 되지만 누군가에게는 자신의 취향을 나타내는 중요한 아이템일 수도 있지요.

그러니 가벼운 마음으로, 그렇지만 새 운동화를 사듯 두근거리는 마음을 가지고 쇼핑에 임해볼까요? 세상은 넓고 다구는 많습니다. 나에게 어떤 다구가 필요한지부터, 그 다구는 어떤 기준으로 고르면 좋을지 지금부터 하나씩 소개드릴게요.

나에게 필요한 다구는?

사무실 등에서 간단하고 빠르게 마시고 싶다	표일배 또는 거름망이 달린 티포트, 머그 컵과 찻잎 거름망(인퓨저 혹은 다시백)
설거지가 너무 싫다	개완, 큰 잔
찻잎과 수색을 보고 싶다	유리 티포트, 유리 숙우, 티 스트레이너, 찻잔
밖에서 마시고 싶다	여행용 다구 세트와 보온병, 냉침 보틀
서양식으로 기분을 내고 싶다	화려한 도자기 티포트와 찻잔, 각종 예쁜 소품
동양의 멋을 살리고 싶다	차 판 또는 호승, 자사호 또는 도자 다관, 숙우, 찻잔
말차가 좋다	다완, 차시, 차선

개완을 고르는 법

° 개완은 용량이 중요한 다구입니다. 손이 작은 분들께는 보통 120ml 정도의 작은 개완을, 손이 큰 분들께는 180ml 이상도 추천드려요. 인터넷 쇼핑몰에서는 용량을 통해서 개완의 대략적인 크기를 가늠할 수 있으니 참고합시다.

° 동글동글하게 말린 모양(주형)의 차는 우리면 펼쳐지면서 부피를 많이 차지하게 됩니다. 이런 주형 차가 많은 대만 차를 주로 마시거나, 한번에 차를 많이 마시는 편이라면 적당히 큰 용량의 개완을 고르는 것도 좋겠네요.

° 개완은 처음 사용하면 잡는 법이 낯설고 사용하기 어려운 다구이기도 합니다. 찻

집에서 개완을 쥐는 법을 배웠다고 해도, 다른 개완을 막상 잡아보면 손에 맞지 않는 경우도 있어서 처음 구매한다면 가급적 직접 잡아보고 사는 것을 추천드려요.

° 개완의 날개(입전) 부분이 적당히 넓은 것을 사는 것이 좋습니다. 입전의 곡률이 너무 가파르거나 폭이 좁으면 뜨거운 물을 담았을 때 손이 아주 뜨거워지거든요.

다관(차호)을 고르는 법

° 물을 따를 때 깔끔하게 잘 나오는지(출수), 다관을 세워서 물을 그만 따를 때 깔끔하게 멈추는지(절수)를 확인해야 합니다. 직접 따라보는 것이 제일이지만, 만약 그렇게 할 수 없는 경우에는 보통 주둥이의 높이가 몸통의 높이와 같아야 출수가 좋다고 알려져 있으니 참고하세요.

° 뚜껑은 잡기 편해 보이는 쪽으로 고릅니다. 물론 예쁘고 마음에 드는 것이 최고지만, 잡기 어려운 뚜껑은 놓쳐서 깨기도 쉽답니다.

숙우를 고르는 법

° 재질이나 두께에 따라서 열전도율이 다릅니다. 차를 따라서 옮기는 도구이니 잡았을 때 너무 뜨겁지 않아야 하지요. 뜨거운 것에 약하다면 손잡이가 달린 것을 사세요.

° 다관이나 개완과 함께 사용할 숙우는 용량이 서로 맞아야 합니다. 숙우가 다관보다 용량이 작으면 차를 다 따라낼 수 없고, 남은 차는 계속 우러나서 다관 안에서 쓴맛이 되니까요.

° 만약 숙우의 용량이 크다면 손잡이가 있는 것을 추천합니다. 무게가 무거워서 미

끄러지기 쉬워요.

° 뜨거움을 참을 자신이 있다면, 그리고 손잡이가 없는 것이 아무리 봐도 예쁘다면 손잡이가 없는 숙우를 사도 좋습니다. 이때, 손잡이가 없는 숙우는 차를 따르고 남은 윗부분을 잡아야 하므로 용량에서 남는 부분까지 생각하고 구매해야 합니다.

동양 찻잔을 고르는 법

° 찻잔은 적당히 예쁘고 마음에 드는 것을 고르면 좋지요. 하지만 향을 즐기려면 폭이 좁은 잔을 사보는 것도 괜찮은 선택입니다.

° 안에 유약이 발려있지 않은(무유) 찻잔은 차 맛을 흡수해 버릴 수 있습니다.

° 유리 찻잔을 산다면 차를 너무 많이 따르지 마세요! 뜨겁답니다.

서양 찻잔을 고르는 법

° 예쁘고 눈에 들어오는 것을 사면 좋지만, 만약 빈티지 잔을 산다면 크랙과 칩, 실금 등이 있는지 잘 체크합시다. 실사용이 불가능한 물건을 예쁘다는 이유만으로 사면 안 되니까요. 특히 유리는 금이 가있으면 사용하다 깨질 위험이 있으니 금물. 유리나 도자기 가루를 마시게 되는 일은 없어야 하겠습니다.

° 티포원 세트로 나온 찻잔은 보기도 예쁘고 수납도 편리하지만, 찻잔 용량이 크면 차가 빨리 식을 수 있습니다. 밀크 티를 마실 때는 오히려 편할 수도 있으니 필요에 따른 선택을 하면 좋겠네요.

서양 티포트를 고르는 법

° 서양 찻잔과 마찬가지로 빈티지를 살 때는 하자 체크 필수!

° 1~2인 차 자리를 주로 가진다면 300~500ml 정도의 용량이 적당합니다.

° 티포트는 용량을 꼭 확인하고 사세요. 모양만 보고 가끔 무지막지하게 큰 것을 사
  거나 너무 작은 것을 사서 당황하게 되는 일이 생긴답니다.

° 주둥이 부분이 날렵하게 생긴 티포트는 절수가 좋습니다.

° 유리 티포트를 사서 찻잎이 뱅글뱅글 춤추는 것을 구경하는 것도 꽤 재미있는 일
  이죠. 우러나는 색이 그대로 보이니 너무 진하게 우러날 걱정도 덜 수 있고요.

다완을 고르는 법

° 초보자는 폭이 너무 좁은 것보다는 넓은 것이 차를 우리기에 편합니다.

° 바닥에 놓았을 때 흔들리지 않는, 무게 중심이 잘 잡힌 것으로 고릅시다. 차를 우
  리다가 흔들리면 차를 엎는 것은 물론, 다완을 잡고 있던 손에 화상을 입을 위험도
  있으니까요.

° 처음 연습할 때에는 매끈매끈한 것보다 약간 가칠가칠하게 질감이 있는 쪽이 더
  거품이 잘 납니다.

4장   고르고,

우리고,

마시는 즐거운 세상

한강 변에서 자리를 깔고 떠들썩하게 친구들과 노는 일은 제게 일종의 버킷 리스트였습니다. 일단은 강변으로의 외출 자체가 무척 낭만적이고, 또 청춘의 상징 같은 느낌도 들잖아요? 여름에 한강으로 나가보면 굽이굽이 강을 따라 조성된 공원에 푸른 잔디가 깔려있고, 삼삼오오 사람들이 모여 앉아 즐거운 낮을 보내고 있습니다. 돗자리를 깔고, 준비해 온 간식이 있다면 차리고, 시원한 음료수 하나를 들고 화창한 하늘 아래 정경을 즐기는 일이라니 정말로 좋지 않은가요!

그렇게 생각하는 저는 본래 서울에 살지 않았기 때문에, 이 모든 이미지를 머릿속에 품은 채, 상경하고서부터 줄곧 한강으로 소풍을 가고 싶어했습니다. 살면서 꼭 한 번은 하지 않으면 아쉬울 것 같은 푸른 청춘의 나들이. 듣자 하니 한강 변에 자리를 깔고 앉아있으면 오후 여섯 시경부터는 치킨집 전단지가 돌려진다나요? 슬슬 배가 고파질 즈음, 자리를 옮기기도 애매하고 움직이기 귀찮은 사람들을 위한 특별 영업인가 본데, 농담 삼아 '한강에서 치맥'을 한류로 수출하자는 이야기까지 나오는 것을 보면 명실상부 한강 소풍은 중요한 우리 문화의 일부이자 엔터테인먼트인가 봅니다.

하지만 이 가장 흔한 유희인 한강에서 치맥을 즐기기에 저는 술을 거의 못하는 편이어서, 술 먹고 놀자고 친구들을 불러낼 수는 없었습니다. 왁자지껄 오랫동안 앉아있는 자리에 술이 없으면 조금 아쉽다는데, 그 시간 동안 무엇을 해야 할까요? 고민하던 저는 제가 가장 자신 있는 것을 골랐지요. 그래. 한강에서 차를 마시자! 그렇게 한강 차 파티, 일명 '한강 차팟'이 시작되었습니다.

한강차팟은 제 첫 번째 야외 다회 계획이었습니다. 당시에는 제가 주변에 차 마시는 사람들을 많이 모르던 시점이었고, 아무래도 차를 마시는 또래 다인들도 지금보다 수가 적은 편이었습니다. 주변을 수소문하는 것만으로, 그러니까 지인들만으로 날짜를 맞추어 나들이를 가기는 어려울 것 같아서, 저는 대학 동아리에서 하는 것처럼 홍보 포스터를 만들기로 했습니다. 일시를 정하고, 화창한 날씨의 한강 공원 이미지를 구해서 배경에 깔았지요. 포스터를 붙일 수 있는 캠퍼스가 있지는 않았으니 온라인 홍보를 했습니다. '가을의 짧은 틈새를 붙잡으려는, 평일의 강변 차 소풍'이라는 캐치프레이즈도 달았고요.

그렇게 건너 건너 의기투합해서 모인 차 이웃들은 총 다섯 명. 모두 '한강에서 하는 차 피크닉'이라는 이벤트에 잔뜩 기대감을 품고 있었습니다. 모처럼의 소풍이었고, 5인분의 짐을 한 사람이 혼자 다 들고 갈 수는 없으니 역할 분담을 하기로 했지요. 디저트를 사 올 사람, 찻주전자를 챙길 사람, 물을 들고 올 사람 등등을 나누고, 그 외에 찻잔과 자리를 꾸미고 싶은 물건은 뭐든 자유롭게 지참하는 규칙이었습니다. 차는 각자 함께 마시고 싶은 것 조금씩.

소풍날이 다가올수록 마음속 기대도 커졌습니다. 디저트 담당이었던 저는 일정을 요리조리 맞춰 한강차팟 당일 학교 수업을 마치고 미리 보아 둔 디저트 가게로 직행했습니다. 청포도와 자몽 타르트, 조각 케이크, 마카롱을 샀는데, 오늘 좋은 날 보내시나 보다고 말씀해 주시는 가게 사장님께 덤으로 쿠키까지 받아 든든하고 즐거운 여정이었습니다. 그리고 모임 장소에 도착해서 만나게 된 것은 커다란 여행용 캐리어 세 개를 포함한 엄청난 짐들이었지요.

그날, 다섯 명이 신나게 벌려서 싸 온 짐은 어마어마했습니다. 그때만 해도 야외 다회라는 것이 그렇게까지 흔하지 않아서, 이런 행사는 처음인 사람이 많았습니다. '각자 함께 마시고 싶은 것들로 조금씩 가져오죠'라고 했던 차는 한눈에 다 들어오지도 않을 만큼 많았습니다. 그날 다 마시지 못할 것은 자명했는데, 모두 그 양을 보고는 유쾌하게 웃기만 했습니다. 한 사람이 대여섯 종류는 넘게 챙긴 것 같았으니까요. 정말 맛있어서 함께 마시고 싶은 차, 특이해서 남들에게 소개하고 싶은 차, 뜨거운 차만 있으면 심심하니까 시원하게 마실 수 있는 냉침 차도 미리 만들어 오고. 한 사람이 한 병씩, 세 사람만 냉침 차를 만들어 와도 이미 마셔야 할 차의 종류가 듬뿍 늘어납니다. 잎으로 가져 온 차는 마시지 않으면 그대로 집에 가져갈 수 있지만 이미 물에 우러난 냉침 차는 그날 마셔 없애야만 하니까요. 그 자리에서 저희는 야외 다회의 교훈 가운데 하나인, '사람이 모이면, 차도 엄청나게 모인다'라는 사실을 바로 체감할 수 있었지요.

그 밖에도 별별 것이 다 있었습니다. 차를 마실 때 꼭 필요한 뜨거운 물이 담긴, 그런데 용량이 무려 4리터나 되는 물통, 찻주전자와 수반(水

盤), 차 집게, 거름망, 티 코지, 물 주전자, 숙우. 다들 '누군가는 숙우를 가져와야 해!'라고 생각했는지 숙우는 크기별로 세 개나 있었습니다. 사람은 다섯 명인데 여덟 개쯤 되는 작은 찻잔들, 색색의 티 코스터, 서양 차를 마시기 위한 티 컵 세트, 심지어는 찻잎 계량용 전자저울과 2단 디저트 트레이까지.

디저트 트레이에 담긴 과일 타르트와 케이크들은 금빛으로 반짝거리는 햇볕을 받아 선명하게 빛났습니다. 한강 소풍이 아닌 한강 애프터눈 티 파티를 열어도 될 지경이었지요. 물론 저희는 호텔에서 내주는 것보다 열 배나 많은 종류의 차를 마시게 되었고요. 농담이 아닙니다. 당시에 나온 차를 소개하는 것만으로도 책을 다 채울 수 있을 것 같아요.

맑은 감칠맛이 도는 황산모봉 냉침 차, 산뜻한 다즐링, 화려한 맛의 동방미인, 시원한 하늘의 풍치와 어울리는 복수산 우롱, 따끈하고 맛있는 고수백차와 진하게 농축된 맛의 교쿠로, 풍부한 맛이 매력인 장평수선. 고소한 용정 녹차도 한 잔 마셨다가, 디저트와 함께하고 싶은 실론 루후나, 아발리 아쌈, 로즈 블랙 티로 3연 홍차를 달리고는, 암차가 빠지면 섭섭하니 무이산 불수도 한 잔 마셔줍니다. 이어서 바톤을 넘겨받기 딱 좋은 설편 우롱차로 갔다가 마지막은 또다시 상큼 달콤한 냉침 루이보스 티. 그야말로 세상에 존재하는 모든 차 종류를 포괄하려는 라인업이었습니다. 아마 차를 처음 드시는 분이라고 해도 이날 소풍에 동행하셨다면 세상에 이렇게 다양한 맛과 향의 차가 있구나 하고 곧장 아셨을 거예요.

이만큼 차를 마셨으니 이야기꽃은 얼마나 오랫동안 활짝 피었을까요. 차를 마셔 잔을 비우면 그 자리를 햇볕이 가득 채우고, 다시 차를 따르면 찰랑찰랑 잔 안에 하늘이 비칩니다. 흘러가는 구름을 황금빛으로 노오란 찻물 속에 담아보신 적이 있으신가요? 향기를 음미하고 탄성을 지르다가 맛보는 디저트 한 입, 느긋하게 늘어져서 감상하는 푸릇푸릇한 풀밭. 근처에서 사람들이 드문드문 떠드는 소리와 저 멀리 보이는 강물까지. 바깥에서 차를 마시는 소풍의 즐거움을 이때 처음으로 알게 되었습니다. 실내가 아닌 바람과 하늘과 구름 아래서 차를 마시는 탁 트인 기분은 정말 무엇과도 비교할 수 없어서, 이때부터 저는 야외 다회에 완전히 반해버렸지요.

그렇지만 고충도 꽤 있습니다. 먼저, 전기가 닿지 않기 때문에 전기포트를 쓸 수 없습니다. 뜨거운 물이 계속 필요한 다회에서 물 수급은 큰 문제가 되지요. 물론 당시에는 물을 많이 준비해 오긴 했지만 차를 워낙 많이 마시다 보니, 4리터 물통 한 개, 1리터 보온병 두 개, 500밀리리터 보온병 두 개로도 조금 모자라더군요. 결국은 편의점에 가서 컵라면을 사면서 컵라면에 부을 물을 보온병에 대신 담아 왔습니다. 또, 한강 공원은 사람들이 자리를 잡고 앉을 수 있도록 조성되어 있어 다행이었지만, 진짜 야생, 그러니까 산이나 들로 차회를 다니면 날씨나 앉을 자리, 자연의 벌레들에게도 상당히 영향을 받는다는 것을 나중에 깨닫게 되었지요.

조건에 대해 말하자면 아무리 좋은 보온병을 쓴다고 해도 대부분의 차는 끓는 물을 그대로 부어주는 것이 가장 좋기에, 그날 마셨던 수많은 차들 중에서 몇 가지는 그 매력을 100퍼센트 다 발휘하지 못한 것도 있을 것입니다. 하지만 또다시, 차는 분위기가 40퍼센트라고 하지 않았던가요? 물이 조금 식었어도 야외의 좋은 분위기와 유쾌한 사람들은 차를 참 맛있게 만들어 줍니다. 그날 사람들과 나눈 대화들까지도요. 이런 차를 둘러싼 모든 요소들은 혼자 집에서 마실 때 알 수 없는 야외 다회만의 매

력입니다.

그날 해는 빛났고, 차는 서로 나누는 이야기처럼 끊임없이 이어졌습니다. 함께 나눠 먹고 싶었다며 가져 온 과자, 같이 쓰면 좋을 것 같았다고 가져 온 티 세트, 집 근처에 맛있는 가게가 있어서 사 온 디저트. 그런 호의들이 한곳에 모이면 그 순간은 문득 걷다가도 눈을 사로잡는 들꽃처럼 소담하고 선명하게 피어나 꿈같은 한 장면이 됩니다.

한낮부터 날이 저물어 해가 노란 빛을 띨 때까지 한강 공원에서 보냈던 어느 하루. 사람은 행복한 순간의 기억을 평생 되새기며 살아간다던가요. 그렇다면 이 특별한, 삶에 단 한 번뿐이었던 차 소풍은 언제고 들추어 볼 앨범처럼 또 하나의 아름다운 추억으로 기억될 것만 같습니다.

봄 소풍의 기억, 문산포종

야외 나들이의 쨍한 햇빛, 푸르게 솟은 잔디, 살랑이는 바람, 잔잔하게
흔들리는 물결. 경치를 충분히 즐기다 갈증이 날 때쯤 목을 축이는 화사
한 한 다발의 꽃과 같은 시원한 문산포종. 기분이 좋아져 한바탕 더 웃
고, 맛있는 간식에도 한 번 더 손이 갑니다.

차 정보

다류 / 청차

산지 / 대만

수색 / 쨍한 노랑 연두

향과 맛 / 푸릇하고 화사한 꽃향기

어떻게 우릴까

찻잎 양 / 4g

물의 양 / 1회 120~150ml

온도 / 금방 끓인 물 사용

시간 / 20초-물을 붓자마자 바로-10
초-30초-50초

어울리는 다구 / 개완, 수색을 보기 좋은
유리나 흰색 잔

추천 우림법 / 동양 차 우리기, 급랭하기,
냉침하기

요즘다인 says

° 아이스 티로 만들어도 향이 선명하게 느껴지는 차예요. 따뜻한 바람이 부는 야외에서라면 냉침이나 급랭을 추천!

° 저는 사계절 언제든 푸릇한 계절을 느끼고 싶을 때 문산포종을 찾아요. 자연의 화사함을 그대로 음료로 만든 것 같아, 한겨울에 마셔도 신록의 생명력과 초여름이 떠오르는 마법이 펼쳐지죠.

° 대만 북부 지역 차의 대명사인 문산포종은 대만의 고소하고 상큼한 디저트인 '펑리수'와 함께 먹어도 무척 맛있답니다. 갓 구운 따끈따끈한 펑리수에 부드럽게 어우러지는 문산포종은 그야말로 최고의 궁합이네요!

"계 모임을 만들어."

아버지는 걸핏하면 제게 이렇게 말씀하셨습니다. 친구들 사이 결속에
는 계만한 게 없다고 말이죠. 마음이 맞는 듯하다가도 몇 년쯤 이래저래
바쁜 사정으로 못 보다 보면 느슨해지는 게 인간관계이니 오래 가고 싶은
친구들과는 모임을 만들어야 한다고 하셨습니다. 꽤 맞는 말 같다고 생각
했습니다. 그래서 먼저는 스무 살이 되자마자 고등학교 동창들과 계를 만
들었습니다. 정말로 그 모임이 졸업 후 10년도 더 지속되는 것을 보면서,
저는 '오래 보고 싶은 사람들을 묶는 모임 만들기'에 무척 흥미를 붙이게
되었습니다. 특별히 곗돈을 모으지 않더라도 '그냥 친구들'보다, '특정 주
제를 가지고 뭉친 사람들'로 묶일 때 만날 구실을 붙이기도 좋고 나름의
결속감도 형성되더라고요. 그래서 탄생했습니다. 21세기 청년 심미 모임
'운월시사'는요.

당황스러울 만큼 고풍스러운 이 이름은 말 그대로, 21세기에 사는 청

년들이 심미를 추구하는 모임입니다. 제가 오래도록 보고 싶은 친구들은 차와 풍류를 즐기는 친구들, 함께 차를 마시고 노는 기쁨을 아는 친구들이었거든요.

> 살구꽃이 막 피면 한 번 모이고, 복숭아꽃이 막 피면 한 번 모인다. 한여름에 참외가 익으면 한 번 모이고, 막 서늘해지면 서쪽 연못에서 연꽃을 구경하러 한 번 모인다. … 모일 때마다 술과 안주, 붓과 벼루를 장만하여 술을 마시고 시를 읊도록 한다.
>
> 죽란시사첩 서(序) 중에서

운월시사는 18세기 정약용이 참여했던 문예 친목 모임인 '죽란시사'에서 이름을 따왔습니다. 죽란시사에 속한 문인들은 계절과 절기마다 모여 그 시기의 풍류를 즐겼으니, 차와 풍류를 즐기는 친구들의 모임이라는 뜻에도 맞지요. 저희의 본래 계획은 '분기별로 모인다'였지만, 이렇게 살구꽃이며 복숭아꽃, 봄에는 매화, 가을에는 단풍이라고 하면 왠지 만나고 싶은 마음도 더 커지고 정취도 느껴져서 좋습니다. 'N회차 운월시사 정기 모임'보다는, '운월시사 매화 다회'가 여러분께서 들으시기에도 더 멋지게 느껴지지 않나요? 저희의 목표는 다음과 같았습니다.

> "1년에 한 서너 번쯤은 국내외 경치 좋은 곳으로 다 같이 가죠. 여행은 기분 전환도 되고 좋잖아요? 그리고 틈틈이 만나서 찻집 같은 곳에서 한시도 공부하고. 40대쯤에는 풍경을 보고 직접 시를 짓는 걸 목표로 하는 거예요!"

아름다운 가을날 밤. 귀뚤귀뚤 귀뚜라미 우는 소리가 들리고, 운월시사 일행은 바위 아래 물이 졸졸 흐르는 정자에 앉아 밝은 달을 올려다보며 차를 마십니다. 그러다가 흥이 오르면 그 풍경을 가지고 시를 한 수탁! 무척 멋지겠지요?

정약용의 죽란시사는 모임이 만들어진 대나무 정자에서 그 이름을 따왔다는데, 운월시사는 사자성어 '광풍제월(光風霽月)'에서 일부를 빌려왔습니다. '비가 갠 뒤의 맑게 부는 바람과 밝은 달'이라는 뜻의 광풍제월. 여기에서 앞의 두 글자를 '살필 심(審), 운치 운(韻)'으로 바꾸면 '심운제월'. '운치를 살펴, 달을 드러나게 하다'라는 뜻이지요. 우리는 장차 시를 지을 사람들이니, 운을 짚어 달이 상징하는 자연의 아름다움을 드러나게 한다는 뜻입니다. 이때 사용된 운이 한시에서의 운으로도 쓰이기 때문이지요. 이 심운제월에서 두 글자를 따와 운월(韻月), 시 모임을 위한 시사(詩社). 작명부터 고풍스러운데, 이렇게 작명을 하는 것도 좋아하는 사람들이니 서로 즐겁지 않을 수가 없었습니다.

그래서 운월시사가 지금까지 무엇을 했냐고 하면 첫 번째는 물론 처음의 목적과 같은 계절 여행입니다. 모임이 결성되고 나서 맞이하는 첫 번째 계절, 가을. 막 산이 울긋불긋한 색으로 물들기 시작하는 시월이었습니다. 가야산 자락에 있는 한옥에 숙소를 잡아서 단풍 여행을 갔는데, 단풍이 절정인 시기와는 조금 멀었지만 숙소에 딸린 야외 정자에서 호수를 내려다보며 가을을 즐기는 차 자리를 가질 수 있었습니다. 야외 다회를 할 때에는 날씨와 물 공급이 가장 중요한데 가림막이 있어 너무 춥지도 않았고 무려 전기가 통해, 즉석에서 물을 끓일 수도 있었거든요. 자리를 잡고 앉아, 첫 여행이라 다들 조금 들떠서 싸 온 짐을 풀었습니다. 찻

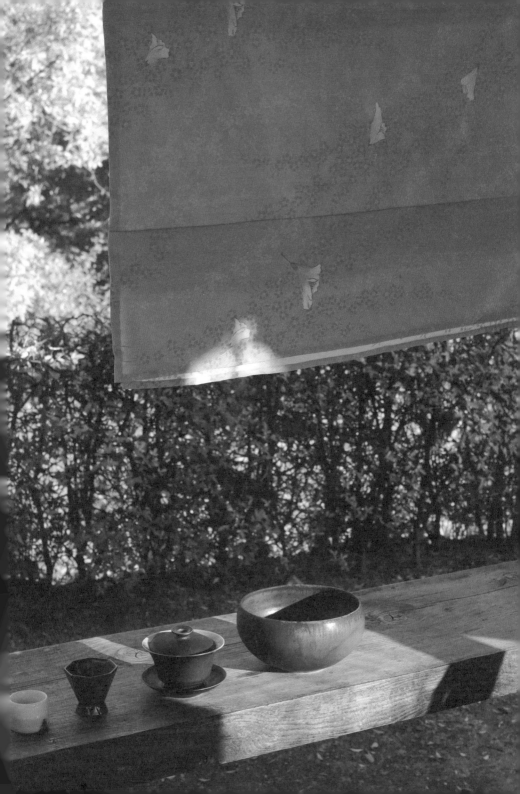

잔만 열다섯 개가 넘는 종류가 나와 마치 전시 중인 갤러리처럼 되고 말 았지요. 각자 서로의 찻잔을 자세히 구경하고 사진까지 찍고 있었으니 사 실상 미니 전시가 맞았는지도요. 그러고는 단지 '바람에 휘날리는 것을 볼 용도로' 지붕 아래에 풍치에 어울릴 만한 천도 걸어놓고, 사람이 넷이 니 두 명씩 차 우리기를 맡아서 서로 주거니 받거니 했지요.

그렇게 바깥에서 한바탕 차를 마시고 돌아와서는 잠깐 쉬면서 저녁 을 먹었습니다. 그리고 저녁 후에는 말차를 마셨습니다. 무슨 여행 코스 가 차 마시기밖에 없느냐고 해도, 운월시사는 차 위주의 심미 모임인걸 요. 특히 이번 여행에서 꼭 하기로 했던 것은 말차 비교 시음이었기 때문 에 저녁 이후의 시간이 메인 이벤트였습니다. 이전까지 잎차들은 여러 곳 에서 비교 시음을 해봤지만, 여러 종류의 말차를 비교해서 마셔보는 일은 처음이었거든요. 아무래도 한국에서 여러 종류의 말차를 한 번에 구하기 가 쉽지 않기 때문에, 십시일반으로 모은 말차들을 한곳에 늘어놓자 그 것만으로 두근두근하는 마음이 들었습니다.

각자 가져 온 차 사발에도 자신만의 취향이 배어납니다. 접시 하나에 도 온갖 다양한 모양이 있듯이, 차 사발에도 엄청나게 다양한 베리에이 션이 있지요. 매화 문이 새겨진 하얀 백자, 은은한 색감과 질감이 멋진 분 청, 거칠거칠하고 자연스러운 무유(無釉)를 바탕으로 초록색 유약을 드문 드문 무늬를 내듯 바른 다완.

이날은 각자가 가져 온 자기 그릇과, 또 각자의 이미지에 맞는 화과자 칼을 가지고 비교 시음 다회에 참석했습니다. 계절에 맞는 과자는 또 다 회에서 빠질 수 없는 즐길거리니까요. 화과자 칼은 운월시사의 회원 한 분이 여행을 다녀오시면서 각자의 이미지에 맞을 것 같은 무늬를 골라 선물로 나누어 주셨는데, 이런 것에서 자신의 취향과 남이 보는 내 이미지를 발견하는 것도 즐거운 일입니다. 비교 시음을 하면서 차 하나가 바뀔 때마다 그에 어울리는 향까지 바꿔 피우면, 차에서 즐길 수 있는 풍류는 거의 다 누려보았다고 해도 좋겠지요.

그러다 보니 날도 깊어, 숙소 주인분께서 슬쩍 저희가 차를 마시는 마루로 나오셔서 "차를 좋아하시나 본데 이것도 드셔보세요"하고 국화꽃 차를 내주십니다. 연이은 카페인 공격에 속이 살짝 쓰릴 법도 한 시점에 찾아온 단비 같은 대접이었지요. 본격적인 차 마시기가 끝나고 이야기꽃이 필 타이밍이라 그 국화차를 서너 번 우려 마시고 있는데 또 나오셔서, "저는 먼저 들어갈 테니 드시고 주무세요" 하십니다. 시간이 아마 열한 시 정도였을 거예요. 드물게 신기한 손님들이었을 것이라고 짐작합니다. 오후에 도착하자마자 차 마실 자리를 물어보더니 오후 내내 차를 마시고 저녁을 먹고는 또 밤까지 차를 마시고 있었으니까요. 하지만 저희는 다음 날 새벽에 또 차를 마실 계획이 있었기 때문에 30분 정도만 더 놀고 자리를 정리했습니다. 새벽 정취를 맛보기 원하는 다인은 일찍 자고 일찍 일어나야 합니다.

그러고는 새벽 여섯 시도 되기 전, 미리 확인해 놓은 일출 시각 전에 일어나서 어둠 속에서 바지런히 차 자리를 준비하는 손길들. 멀리 산 너머에서부터 밝아오는 여명이 하늘을 보랏빛에서 붉은빛으로 물들이기 시작합니다. 매끈한 도자기 끄트머리에 박명이 어리고, 고요 속에 손짓 하나, 차를 타는 동작 하나하나에서 나는 소리가 더욱 선명하게 들리는 새벽에 저희는 아침을 맞이하며 차를 마셨습니다. 이름을 붙이자면 일출 다회라고 해야 할까요. 원래도 자연을 벗 삼아 노는 차 문화라지만 이렇게 여행지에서 맞이하는 아침은 더욱 특별합니다. 평소에는 볼 수 없었던 산자락과 처마 사이 밝아오는 하늘, 문살 너머로 비치는 빛깔, 사라지는 별들, 그 사이에 사각사각 차 만드는 소리, 향기…. 이 대목을 읽으시는 여러분들께서도 기회가 된다면 꼭 새벽에 차를 드셔보세요. 몰랐던 시간의 신비함과 아름다움을 한껏 느낄 수 있는 놀이랍니다.

***

멀리 갈 수도 있지만 가까이서 놀 수도 있습니다. 운월시사의 '옥상다회'는 바로 제 집에서 열린, 다회라기보다는 캐주얼한 차 파티였어요. 새로 이사한 집 상층에 거실과 바로 이어지는 옥외 테라스가 있어서, 그곳에 자리를 깔고 봄날을 즐기기로 한 것이죠. 5월 말, 풀들이 쑥쑥 자라고 봄이 무르익어 가는 시절이었습니다. 옥상 화단에서 마음대로 자라던 들꽃을 꺾어 화병에 꽂고, 새벽부터 내린 비가 화창하게 그친 하늘 아래로 테이블을 옮겼습니다. 이렇게 집에서 하는 다회의 장점은 무엇보다 뜨거운 물의 공수가 쉽다는 데 있지요. 차 짐을 쌀 필요 없이 집에 있는 물건들을 팍팍 쓸 수 있는 것도요. 그러면서도 야외 다회의 최대 장점인 햇볕과 바람과 초록초록한 풀들을 마음껏 누릴 수 있다니 이 어찌 매력적이지 않은 자리일까요?

계절마다 나오는 화과자들은 다회를 장식하는 빠지지 않는 꽃과 같은 역할을 합니다. 5월의 대표적인 화과자는 '제비붓꽃' '봄비에 젖은 제비' '초여름의 바람' '신록의 정원'…. 이름마저 산뜻하고 아름다운 예쁜 과자들은 제각각 모양과 색깔이 달라서, 마찬가지로 제각각 모양과 색깔이 다

217

른 접시와 다양하게 어울립니다. 마치 퍼즐 맞추기를 하는 듯한 플레이팅 심미 놀이라고 할까요. '어느 접시에 어느 과자를 올려야 가장 예쁠 것인가'를 주제로 한바탕 이야기꽃을 피웁니다.

차려진 과자들을 보면 흡사 소꿉놀이에서 공들여 상을 차린 듯한 흡족함이 느껴집니다. 그러고는 집이니 느긋하게 시간을 보낼 수도 있겠다, 이번 다회의 새로운 콘텐츠로 각자의 차 우리는 모습을 영상으로 찍어서 비교해 보기로 했습니다. 말차를 타는 모습도, 동양 차를 우리는 모습도 한 번씩 돌아가며 촬영하니 그만큼 마실 차도 늘어나면서 푸른 하늘 아래 담소는 와자지껄. 이번에는 영상을 돌려 보며 스스로 몰랐던 자신의 버릇이나 손 모양 같은 것들을 발견하는 재미가 있었네요! 모임에서 항상 '다음에 드릴게요'라고 약속했던 차를 소분하기도 하고, 마침 집에 재어놓았던 차와 블렌딩해 마실 수 있는 향신료도 나누고…. 그러다가 날이 저물어 저녁이 될 즈음이면 노을빛에 실을 향도 한 대 피워놓은 채 봄날 주말의 한가로움을 즐깁니다.

**

연말이 다가오자 각자의 일정으로 무척 바빠져 다 같이 만날 시간을 좀처럼 잡을 수가 없었습니다. '이렇게 된 김에 비대면 온라인 다회를 한 번 열어 보자!'라는 아이디어가 나온 것은 자연스러운 일이었을까요? 기획은 12월 31일 오후 열 시쯤에 모여 천천히 근황과 담소를 나누다 두어 시간쯤 지나면 다가오는 새해의 카운트다운을 함께하는 것이었습니다. 각자 할 수 있는 새해 음식도 준비하고, 정해진 시간에 온라인 회의실에

모이기로 했는데…. 열 시가 되어 카메라가 켜지자, 시작부터 터지는 웃음을 참을 수가 없어 모두가 한동안 킥킥거렸습니다. 그게, 모두들 다회를 위해 진심을 다한 본격 착장을 하고 있었거든요. 한복을 정갈하게 차려입은 분이 두 분, 중국차가 라인업에 있으니까 집에 있던 치파오를 꺼내 입은 분이 한 분, 일본 차를 타기 위해 기모노를 걸친 분이 또 한 분. 그야말로 동아시아 대통합의 장이 열려있었습니다. 차 자리도 입식이 두 명, 좌식이 두 명. 새해를 맞아 국경에 구애받지 않는 동양 차 문화의 교류를 체험할 수 있는 시간이었지요.

이날은 연말의 송구영신 다회답게 한 해 동안 청년 심미 모임으로서 같이했던 활동을 돌아보았습니다. 모임의 취지에 맞는 심미 생활을 가장 활발하게 한 사람을 선정해 상패와 부상을 전달하는 시상식도 진행했습니다. 온라인 행사의 특성상 미리 선물을 택배로 보내놓고 수상 타이밍에 맞추어 개봉했는데, 번쩍번쩍하는 접시 모양 상패에 부상인 멋진 도자기까지는 예상한 바였지만, 이어서 진지하고 엄숙한 수상 소감이 기다리고 있었을 줄은 몰랐습니다. 수상 소식을 미리 고지했기에 벌어진 일이었지요. 흡사 영화제처럼 최고의 심미인이 된 수상 소감을 낭독하자 또다시 한바탕 웃음이 휩쓸고 지나갔습니다.

어느덧 자정이 가까워지자 이야기를 나누면서 어질러진 자리를 한번 정돈하고 각자가 선정한 새해 첫 차를 음식과 함께 준비해 놓습니다. "5, 4, 3, 2, 1! 새해 복 많이 받으세요!" 즐거운 인사가 오가면서 운월시사는 차와 친구들과 함께 새해를 맞았습니다. 차는 전통문화라는 인식이 강하지만, 이렇게 현대 문물과 함께하는 온라인 다회도 서로 떨어져 있으면서 정을 나눌 수 있는 즐거운 시간입니다.

***

친구들끼리 풍류를 즐기는 모임을 만들어서 이런저런 시간을 세시에 따라 함께한다는 것. 계를 만들지는 않았지만, 이럴 때 풍류는 곗돈보다 강하고 즐거운 결속이 되어줍니다. 마음의 거리가 멀어지는 것은 아무래도 공통 관심사가 적기 때문이니까요. 좋아하는 분야가 같고 마음에 열정이 있는 친구 사이는 그 마음을 원료로 해서 풍성하게 피어납니다. 이런 온갖 즐거운 경험들은 아무래도 혼자서 하기에는 어렵지요.

여럿이 있을 때에 '이렇게 해볼까요?' 혹은 '이런 건 어떠세요?' 하는 작은 제안은 서로의 긍정으로 커져 계획이 되고, 다회가 되고, 계절 여행이 됩니다. 만약 차를 드신다면 언젠가는 이런 모임을 꼭 해보시길 추천 드리고 싶어요. 혼자서는 할 수 없는 차와 풍류에 얽힌 또 다른 재미난 일들이 가득 펼쳐져 있으니까요!

오색구름을 타고 와요, 철관음

살랑살랑 바람에 실려 넘어오는 난꽃 향기는 슬며시 새어 나온 선계의 비밀. 하늘의 매끈한 구름은 유유히 흘러가고 땅이 이룬 부드러운 꽃과 통통한 과일의 결실은 오래 머무르고. 뽐내지 않아도 느껴지는 온화함에 마음은 사르르 녹아 다음 순간을 향해 활짝 열립니다.

차 정보

다류 / 청차

산지 / 중국 복건성, 대만

수색 / 엷은 연노랑

향과 맛 / 푸릇한 난꽃 향, 부드러운 감칠맛

어떻게 우릴까

찻잎 양 / 4g

물의 양 / 1회 120~150ml

온도 / 금방 끓인 물 사용

시간 / 20초-물을 붓자마자 바로-10초-20초-40초

어울리는 다구 / 개완

추천 우림법 / 동양 차 우리기

○ 중국에서 철관음은 품종명으로, 대만에서 철관음은 제다법으로 분류됩니다. 같은 품종의 다른 제다, 다른 품종의 같은 제다를 모두 즐겨볼 수 있으니 쉽게 질리지 않을 거예요.

○ 제가 처음으로 반한 중국차이자, 5년 넘게 차를 마시고 있어도 다시 만날 때마다 사랑할 수밖에 없는 차입니다. '클래식 이즈 더 베스트' '튜닝의 끝은 순정'. 철관음은 중국차를 사랑한다면 놓칠 수 없는 선택입니다!

"바로 이번 주예요! 지금이에요!"

운월시사 카카오톡 단체 방에 올라온 다급한 한 줄의 메시지. 무엇인가 하니 이번 주말이 신록이 무성한 5월 초, 보랏빛으로 퍼걸러 아래 절경을 드리우는 등나무꽃을 볼 마지막 만개 타이밍이라는 것이었습니다.

봄에 벚꽃이 피면 벚꽃을 보고 가을에 단풍이 들면 단풍을 보러 가겠다고 만들어진 계절 풍류 모임에서, 아직까지 도전해 보지 않은 꽃을 보러 가자고 하면 다들 호기심과 기대감이 한껏 부풀기 마련입니다. 그 주 일요일에 만나는 것으로 얼른 약속을 잡고서, 각자 마실 차와 짐을 싸서 저희는 등나무꽃 명소라는 공원으로 모였습니다.

그런데 이것이 어찌 된 일인가요. 만나기로 한 일요일 전전날인 금요일에 폭우가 쏟아졌습니다. 그 탓인지 보랏빛 아름다운 꽃그늘을 기대하고 간 자리에는 다 떨어진 꽃과 초록으로 우거진 나뭇잎 그늘만이 남아있었습니다.

뭐, 그렇다고 '어쩔 수 없으니 오늘은 이만 돌아가죠. 다들 짐 다시 들고 집으로 안녕!' 할 사람들은 아니었으니, 이왕 온 거 져가는 등나무의 정취라도 느끼자며 짐을 풀기 시작했습니다. 먼저 돗자리 두 개, 아니 세 개…. 이 사람들이?

차 마니아들은 준비성이 철저하기로 유명한데 그로 인해 무슨 일이 일어나냐 하면, 이렇게 모든 사람이 돗자리를 굳이 다 하나씩 들고 와서 넓게 자리를 펼친다거나, 접이식 테이블을 같은 모델로 두 사람이 하나씩 가져와서 넓은 찻상을 마련한다거나, 그 찻상 위에서 기물들이 흔들리지 않을 만큼 두껍게 테이블보를 네 장이나 깐다거나…. 그리고 그 찻상을 가득 채울 만큼 차도 쟁반도 찻잔도 많은 그야말로 '맥시멀리스트', 혹은 '투 머치 살림'이 되곤 합니다.

하지만 생각해 보세요. 금박이 둘러진 풍경화 접시는 오늘 다회의 테마인 '등나무꽃'이 그려져 있으니 안 가져올 수 없습니다. 예쁜 쟁반은 남는 물건을 담아놓는 데 언제나 유용하며, 이 찻잔은 무려 일주일 전에 구매한 신상이니까 다 같이 즐길 겸 자랑할 겸 들고 와야 합니다. 차 집게는 사소한 물건이니 혹시 빼먹고 아무도 안 가져왔을까 봐 챙깁니다.

차 소풍이라는 것이 이렇게 십시일반이지요. 나는 내가 쓰고 싶은 물건 중에 가장 예쁘고 중요한 것들을 챙겨왔는데, 다른 사람도 똑같은 마음으로 물건을 가져오고, 그러면 이 예쁜 물건들을 주르륵 늘어놓고 어떤 것을 어떻게 조합해서 써볼까 하는 사치를 부릴 수 있게 됩니다. 혼자서는 누릴 수 없는 풍성함을 멋진 날씨와 즐기다 보면 없어진 등나무꽃에 대한 아쉬움은 어느새 저 멀리 날아가고, 자리를 꽃피우는 수다가 찻상 위를 채워 싱그러운 봄날 풍경을 만들어 줍니다.

찻물은 맑게 떨어지고, 사각사각 차를 타는 소리는 솔솔 스치는 바람 속에 섞입니다. 차선을 잡은 손짓이 거품을 일으킬 때마다 고소한 차 향기가 피어올라 코끝을 가볍게 간질입니다. 그 차 위로 떨어지는 둥근 햇볕 한 점. 아, 어쩌면 삶은 이렇게 아름다울까요! 절로 나오게 되는 감탄사. 이 순간을 즐기기 위해서 다인들은 이렇게 많은 짐을 들고서 모이는 것이 아닌가 싶습니다.

그러고는 별다른 것이 없어요. 계속 차를 타고, 우리고, 붓고, 마시면서 산들거리는 바람과 온화한 날빛 속의 아름다움을 잔뜩 즐깁니다. 마치 조명처럼 둥글게 퍼지는 햇살은 나뭇잎의 움직임에 따라서 이리저리 깜박거리면서 보석처럼 찻잔을 비춥니다. '아, 정말 예쁘다. 이거 좀 보세요, 이거 좀!' 호들갑을 떨면서 가리키기도 하고 자기 자리에서만 보이는 각도를 사진으로 찍어 서로에게 보여주기도 하면서 들 차회의 시간은 한가로이, 아름다움으로 알차게 흘러갑니다.

사람이 여럿이면 이런 즐거움이 있지요. 열 종류가 넘는 차 중에서 마실 차를 고를 수 있다거나, 디저트가 끊임없이 리필된다거나, 그중에서 그날의 정말 정말 베스트 차가 나온다거나.

이런 다회에는 다들 아무 차나 가져오지 않습니다. 그 계절 그날에 그 사람들과 마시고 싶은, 최근 자기가 마신 차 중에 가장 인상 깊은 차를 가져옵니다. 그러다 보니 하나하나 맛보는 것도 즐겁고, 차도 예상대로 그날에 어울리는 것들뿐입니다. 이날은 백차라는 이름이 붙었지만 사실은 녹차인 '안길백차'가 그 영예의 자리에 올랐는데요. 한 모금 머금으면 입 안에서 터지는 꽃향기와 해가 들어 마치 얼음 같아 보이는 찻물. 밝은 레몬색 티 매트와, 초록 가득한 풍경….

이렇게 보면 한가롭고 아름답고 그야말로 신선이 노니는 선경 같은 야외 다회이지만, 사실 이 모든 준비물을 챙기는 건 상당히 고된 일입니다. 차 짐을 싸려면 일단 그릇들을 깨지지 않게 포장해야 하는데, 이 중에는 정말 다시 구할 수 없는 소중한 물건들도 가득입니다. 그야 내가 가장 좋아하는 것들로 꾸리는 짐이니 당연하지요. 가방에 티 매트와 푹신함을 느낄 수 있는 천을 깔고, 다구에 완충재를 둘둘 감습니다. 소품들도 천에 한 번 싸서 넣거나 흔들리지 않게 빈 공간에 끼워 넣는 등 지혜를 총동원해 짐을 쌉니다. 운월시사 사람들은 안타깝게도 그때까지 아무도 자가용을 가진 사람이 없었기에, 보온병에 든 물을 포함한 모든 것들을 대중교통으로 옮겨야 했습니다.

사서 하는 고생이란 이 얼마나 고단하면서도 달콤한 순간의 과실을 가져다주는 것인지요! 집에서 뜨거운 물을 팔팔 끓여 담고 그걸 야외 차자리로 옮기기까지는 힘들지만, 그리고 그 물을 따르는 순간도 그렇게 멋지지 않을지는 모르지만, 그러고 나서 찻주전자에서 따라지는 찻물 한 방울이 빛나는 때가 있습니다. 그때의 아름다움, 그때 만면에 떠오르는 커다란 감탄과 환희를 위해서 다인들은 이 모든 일을 합니다.

요즘은 자연을 즐긴다고 해도 풍경을 감상하는 것 외에는 방법이 많이 없어 보이고, 그러다 보니 멋진 풍경을 찾아가는 것은 하나의 일이 됩니다. 멋진 풍경이 있는 곳에는 사람이 많다 보니 하도 북적거려서 운치를 즐기기 힘들거나 가득 들어찬 상점들로 고즈넉한 분위기를 놓치게 되지요. 실제로도 봄날의 많은 벚꽃 명소들이 그렇다 보니 운월시사는 제대로 된 벚꽃 다회라는 것을 아직 한 번도 해보지 못했답니다.

그러나 대신 이렇게 누구나 찾아올 수 있는 한강 공원 한 자락에서,

사람들이 무심코 지나치는 등나무꽃 아래에서 차의 시간을 만들기로 한다면, 봄날의 푸른 바람과 짙은 초록이 몸 사이로 가득 흘러들면서 그때그때 잊을 수 없는 순간을 만들 수 있습니다. 한가로이 마시던 찻잔 안에 문득 툭 떨어진 연한 등나무 한 잎. 이게 연출이 아니라는 것을 믿으시겠어요?

이렇게 자연과 함께하는 차 자리, 자연을 즐기는 차 자리가 예로부터 차 마시는 사람들의 즐거움으로 전해 내려온 까닭에, 차 도구들도 자연을 형상화하거나 자연과 있을 때 새롭게 아름다움을 발견하게 되는 경우가 많습니다. 운월시사의 한 분이 가지고 계신 차 사발은 꼭 통나무가 잘려 움푹 팬 등걸에 이끼가 살짝 낀 것처럼 생겼는데, 그곳에 물이 살짝 고이고 해가 빛나는 순간은 집 안에서 미처 볼 수 없는 광경입니다. 꼭 숲속에서 빛나는 샘 같습니다.

이렇게 자연을 닮은 차 도구들이 있는가 하면 들 차회에서는 그때그때 기지를 발휘할 점이 있는 것도 재미있습니다. 찻숟가락을 받치기 위해 바로 옆에 떨어진 나뭇잎을 쓴다거나, 근처에 있는 가지를 하나 가져다가 미니 화병에 꽂아 장식하는 일은 그 시간, 그 순간에 더욱 몰입할 수 있게 하고 창의성 넘치는 재미있는 일이 되기도 하지요.

이렇게 멋졌던 날은 몇 년이 지나도 '아, 그날 정말 좋았지' 하고 마음속에 남게 됩니다. 그렇게 좋은 날이 자주 있는 것도 아니고, 그날과 같은 날은 세상에서 다시 올 수 없겠지요. 그러니 앞으로는 또 새로운 추억을 계속 만들어 가면서, 뒤로는 아름다웠던 기억들을 가지고 살아가게 됩니다.

보통은 그냥 지나가는 주말, '바로 지금이에요!' 하는 메시지 한 줄. 그리고 등나무꽃이 아쉽게도 져버리고 없었던, 세상에서 가장 좋았던 등나무 다회. 순간의 기억으로 평생을 산다는 것은 아마도 이런 때를 위한 말이 아닐까 합니다.

파스텔 톤의 낭만, 안길백차

채 익지 않은 신록의 해사한 연둣빛, 그 사이로 비치는 희고 반짝이는 햇빛. 따뜻해진 바람은 부드러운 감촉을 남긴 채 살랑살랑 떠나고, 여기저기 핀 작은 봄꽃들로 세상은 알록달록. 서정적이고 감미로운 데다 섬세하여 설렘에 찬 입안은 몽글몽글한 파스텔 톤으로 물들고. 지금 이 순간에만 즐길 수 있는 것들을 향해 지은 화사한 웃음은 봄꽃 빛깔의 안길백차와 닮았습니다.

차 정보

다류 / 녹차

산지 / 중국 절강성

수색 / 화사하고 부드러운 연둣빛

향과 맛 / 상큼한 꽃 향과 과일 향

어떻게 우릴까

찻잎 양 / 4g

물의 양 / 1회 100ml

온도 / 85~90℃

시간 / 15초-10초-15초-20초-30초

어울리는 다구 / 개완, 찻잎이 보이는 긴 유리 숙우

추천 우림법 / 동양 차 우리기

요즘다인 says

◦ '백차'라는 이름이 붙을 만큼 희고 밝은색의 찻잎이 특징이라 유리 소재의 우림 도구를 사용하면 예쁜 찻잎을 잔뜩 감상할 수 있답니다. 필자가 뽑은 가장 예쁜 엽저!

처마에 가을비 떨어지고

화창한 가을날, 푸른 하늘 아래 논은 노랗게 익고 바람에 이삭이 물결 치는 즈음. 차창 밖을 바라보던 저는 묘한 기시감이 들어 물었습니다.

"뭔가…. 작년과 똑같은 풍경인 것 같은데요."

하늘은 파랗고 논밭은 펼쳐지고. 드문드문 보이는 집들과 저 멀리 대 기 속으로 흐려진 산자락. 이어지는 다른 한 분의 말씀. "왜 이렇게 매번 산으로 들어가는 거죠?" 그 말에는 다 같이 웃을 수밖에 없었습니다. 그 야….

"우리가 숙소를 물색하는 조건을 생각해 보세요."

운월시사의 차 여행 목적지라고 하면 우선 경치가 좋아야 합니다. 한 국에서 바닷가가 아니면 경치가 좋은 곳은 대부분 산 좋고 물 좋은 곳. 산과 물과 공기가 좋은 장소는 대부분 시골이지요. 대중교통을 이용하자면 배차 간격이 40분, 혹은 한 시간도 넘는 버스를 타고 굽이굽이 들어가야 하는 경우도 많습니다. 작년에 이어 올해 여행도 마찬가지였지요. 이번 여행에서 잡은 숙소는 경주 독락당(獨樂堂). 대한민국 보물 제 413호로 지정된 조선시대 중기 가옥입니다.

버스에서 내려 한적한 시골길을 따뜻한 햇살 아래 걷기를 몇 분. 곧 만나게 된 '홀로 즐기는 집'이라는 이름의 독락당 대문은 가을 하늘을 지고 말간 기와 빛을 띠고 있습니다. 문간으로 들어서니 맞아주는 분도 없이, 묵기로 한 별채의 문만 열려있네요.

"와, 고즈넉하다."
"생각보다 넓네요."

숙소에 내려 안팎을 후딱 한 바퀴 돌아보고는 짐을 풉니다. 그러고 나서는? 곧장 차를 마시러 가지요! 차 여행인 만큼 머물 곳에 도착하면 가장 먼저 하는 일이 주위를 기웃거리며 차 마실 자리를 물색하는 일입니다. 독락당은 사랑채와 누대가 있는 정자 옆으로 물이 졸졸 흐르는 멋진 개울이 있어, 저희는 날이 추워지기 전에 그쪽으로 내려가 보자고 합의했습니다.

물길 옆에 마침 딱 자리를 펼치고 앉기 좋은 암반이 있었습니다. 누구는 끓인 물을 들고 오락가락하는 한편 누구는 돗자리를 깔고, 가져 온 차를 꺼내고 하며 착착 역할 분담을 했지요. 그리고 시작된 오늘의 작은 이벤트는 '랜덤 기물 게임'.

보통 차 여행에서는 짐이 너무 많아지는 것을 막기 위해 누가 무엇을 가져올지 미리 정하는 편입니다. 하지만 이번 여행은 두근거리는 재미와 순발력을 발휘해 보고자 '블라인드 차 짐 싸기'를 했는데요. 자신이 무엇을 가져올지 밝히지 않고 각자 알아서 눈치껏 짐을 챙기는 것입니다. 그러고는 자리에 모여 앉아서 필요한 도구의 이름을 하나씩 말하지요.

"차호 가져오신 분?"

"아, 제가 있어요."

"개완 가져오신 분?"

"어, 여기요."

"숙우는…"

"…"

만약 아무도 말이 없으면 그날은 그 기물 없이 '어떻게든 다른 것을 이용해' 마시자고 합의했습니다. 차 버전 눈치 게임이자 없으면 없는 대로 다른 것을 사용해 대체하자는 다도에서의 기지이기도 합니다.

다행히도 저희는 없는 것 빼고 다 있었습니다. 차를 우릴 때 필요한 기본 다구와 숙우는 물론이고, 차와 차 과자를 올려놓을 작은 접시들도 있었습니다. 심지어는 그릇과 주전자를 진열해서 올려놓을 수 있는 조립형 간이 좌대와 차 봉투를 자르는 가위, 과자를 집어먹을 때 쓰는 무늬 있는 종이까지 들고 왔더라고요. 자신의 특이한 아이템을 자랑하시는 분들께서 말씀하시길, "아무래도 필요하다 싶은 걸 챙긴 후에는 나만 있으니 아무도 들고 올 리 없는 물건들을 챙겨 오게 되죠"라나요!

　그렇게 찻잔 아홉 개, '혹시 필요할지 모른다'며 챙겨 온 다건 포함 각
종 천 여덟 장, '저 이번에는 차 진짜 조금만 들고 왔어요'가 네 번 더해진
차 더미와 함께 물가에서의 야외 다회는 시작했습니다.

　그날 날씨를 고려해 가져 온 차들의 마실 순서를 정하고, 차 우리는
역할은 돌아가면서 맡습니다. 차를 우리는 차례가 아니어서 한가한 사람
들은 물에 발을 담그고 순간을 즐깁니다. 물맛에 예민한 다인들은 숙소에
있던 포트에서 약간 묵은내가 나서 잠깐 걱정했지만 이번에도 역시 차는

분위기가 40퍼센트라고, 흐르는 물과 저 멀리 피워놓은 향, 녹음을 벗 삼아 마시는 차는 또다시 그 어떤 때보다도 맛있었습니다. 몇 잔을 마시고 나서는 얕게 흐르는 물 위에 찻잔을 올려놓고 옷이 젖는 것도 모르고 물가에 아슬아슬하게 걸터앉아 카메라를 들이댔지요.

건배사는 '즐겨요, 이 기분!'. 푸릇푸릇한 우롱차부터 진하고 향긋한 맛의 홍차까지 서너 종류의 차를 내리 마시면 해가 슬금슬금 넘어갈 기미를 보이기 시작해, 차를 타고 오자마자 시작했던 오후의 차 자리도 슬슬 파할 때가 되었습니다.

저희의 여행 계획은 심플했습니다. 도착해서 먼저 야외에서 차를 마신다. 저녁을 먹고 나서 밤에는 다 같이 별채 마루에서 말차를 마신다. 말차는 상대적으로 금방 마시니, 밤늦게 한 번 더 잎차를 마신다. 자고 일어나서는 이른 아침 공기를 느끼며 누대로 나가서 차를 마신다.

일정 자체는 그야말로 숙소에 머물면서 별것도 하지 않고 차만 마시는 계획입니다. 이름하여 '차를 곁들인 한옥 호캉스'. 멀리까지 와서 주변 구경도 하지 않고 안에만 있는 게 아깝기도 하지만 오후에 개울 곁에서 가지는 차 자리와 밤에 마루에서 즐기는 차 자리와 이른 아침 누대에서 보내는 차 자리의 운치가 모두 다른 것을 어쩌겠어요? 이 여행은 그야말로 하루 종일 차를 즐기기 위한 다인들의 본격 차 여행이었습니다.

밤에는 솥에서 물이 끓습니다. 찻물을 끓이는 데 쓰이는 무쇠솥은 물이 끓기까지 시간이 오래 걸리기 때문에 차 자리를 준비하면서부터 물을 올려두지요. 다른 물건들을 왁자하게 준비하다 보면 문득 소나무 숲에 바람이 스치는 것 같은 소리가 들리고, 뒤이어 삐이익 하고 피리를 부는 것 같은 소리가 간헐적으로 나기 시작합니다. 무쇠솥에서 물이 끓는 소리를 두고 옛사람들은 '처음에 매미 우는 소리가 났다가, 이어서 마차가 지나가는 것 같은 소리가 들리고, 곧 소나무에 바람이 부는 듯한 소리가 나는데 이때 물의 모습은 물결이 일고 파도가 이는 것 같다'라고 했습니다. 차 자리에서는 차를 마시는 것도 재미거니와 이런 구절들을 떠올리면서 소리를 감상하는 즐거움도 있습니다.

또 쪼르르 하고 국자에서 차 사발로 물 따르는 소리, 사각사각 차선이 찻물을 저으며 거품을 일으키는 소리…. 모든 과정에 집중해 가을날 보름달 같은 둥근 완으로 차를 마시다 보면 어느새 마루 너머로 가느다란 빗방울이 떨어지기 시작합니다.

뜰은 어두운데 멀리서 비치는 전등불이 갓 내린 빗방울을 비추어 땅은 마치 보석을 뿌려놓은 듯 반짝거립니다. 발밑에 밤하늘이 내려온 것 같은, 탄성이 나올 만한 이런 광경은 땅이 완전히 젖은 후에는 볼 수 없지요. 이런 순간순간을 발견하고 그때마다 즐길 수 있는 것도 차와 함께 풍경을 감상하면서 누릴 수 있는 기쁨입니다.

밤이 깊고, 솥에서는 여전히 물이 끓고, 귀뚜라미 우는 소리가 귀뚤귀뚤 들리면 이제는 조금 노곤하게 늘어져 누군가는 오늘의 차 일기를 쓰고 누군가는 가만히 비 오는 바깥을 바라보고 있습니다. 느긋하리만치 조용히 오는 비에, "처마에 가을비 떨어지고"라며 한 분이 운을 떼면 가만히 듣다가 받습니다.

처마에 가을비 떨어지고
빗줄기 가늘어서 보이지 않는데
젖는 땅 보면서 임 오는 발소리 듣네.

***

이튿날, 푸른 비단에 흰 실로 무늬를 새겨놓은 것 같은 구름이 떠있는 이른 아침에 저희는 독락당 누대로 올라가 순발력 넘치게 아침 차를 준비합니다. 체크아웃 시간과 짐을 정리하는 시간을 생각하면, 느긋하게 있어서는 아침에 차를 마실 수 없지요. 네 사람은 별채에서 정자로 바쁘게 오락가락하며 마루 위에 깔 대나무 발부터 낙엽 무늬가 그려진 다건까지 필요한 물건을 모두 옮겼습니다.

그러고는 개운한 아침, 물을 끼고 있는 정자에서 폭포수를 테마로 만들었다는 푸른 향을 태웁니다. 계곡물 흐르는 소리와 찻물 소리가 섞이고, 짭조름한 말차의 맛을 즐기며 느긋하게 벽에 기대거나 마루에 누워보기도 합니다. 한쪽으로는 500년이 넘은 고택 처마가, 또 한쪽으로는 우거진 나무 그림자가 드리운 하늘을 보면서, 옛날이었다면 엄두도 내지 못했을 이런 풍경을 예약만 하면 즐길 수 있다니 이것도 현대라서 누릴 수 있는 호사라는 생각을 합니다. 보물로까지 지정된 파종가(派宗家)의 종택은 그야말로 '혼자서 즐긴다'는 이름에 걸맞게, 지어졌을 당시에는 집안과 개인적으로 연이 있지 않은 사람은 드나들 수 없는 개인적인 곳이었을 테니까요.

***

자리를 정리하고 나오면 하늘은 어느덧 뭉게구름으로 바뀌어 있습니다. 그리고 제가 '세상에서 제일 재미있는 차만 마시는 여행'이라고 이름

242

붙인 이 한옥 차 호캉스도 마지막 대목에 다다릅니다.

　청명한 공기 속에 익어가는 감나무 밑에서 배차 간격이 40분인 버스를 기다리면서 마을을 돌아봅니다. 기차와 시외버스, 마을버스를 퍼즐처럼 끼워 맞춰 타고 들어왔던 동네에 작별을 고합니다. 독락당 건물뿐만 아니라 마을에도 기와를 올린 집들이며 정자로 쓰이는 전각이 있는 멋진 지역, 경주 안강읍 옥산리. 이렇게 또 하나의 차 여행이 막을 내리고, 삶을 추억할 아름다운 순간이 또 한 번 새겨집니다.

한 폭의 동양화, 무이암차

깊은 산골짜기에 두툼하게 깔린 빛바랜 낙엽을 바스락 밟으며 조심스레 내려가 앉습니다. 물가의 시원스러운 물소리, 조금 차가운 공기, 흙과 돌의 냄새, 달고 개운한 계곡의 물맛. 단단한 돌을 타고 넘어 감도는 바람과 깊은 세월을 담은 고목까지 찻물에 녹아있습니다.

차 정보

다류 / 청차

산지 / 중국 복건성

수색 / 그윽한 주황빛

향과 맛 / 묵직하고 진한 불 향과 꽃 향, 설탕 눌은 향

어떻게 우릴까

찻잎 양 / 4g

물의 양 / 1회 120~150ml

온도 / 금방 끓인 물 사용

시간 / 20초-물을 붓자마자 바로-5초-10초-30초

어울리는 다구 / 개완, 차호, 자사호

추천 우림법 / 동양 차 우리기

요즘다인 says

○ 높아진 하늘만큼의 간극을 메꾸기 가장 좋은 향, 모닥불 같은 따뜻함으로 서늘한 가을에 마시기 가장 좋은 차! 팔팔 끓는 물로 우려주세요.

○ 무이암차는 청차 중에서도 가격대가 조금 있는 차에 속합니다. 경험상 가격과 맛이 비례하기도 해서, 이왕 마시기로 마음먹었다면 지갑이 허락하는 범위 안에서 사치를 누려보세요.

날이 좋아요, 차를 마셔요

고백하자면 요즘은 차 마시는 일에 조금 시들해진 기분입니다. 새로운 찻집이 있다고 해서 만사 제쳐놓고 달려가지도 않고, 예전보다 그렇게까지 자주 차를 마시는 것 같지도 않고요. 지금 이 글을 쓰는 제 옆에는 직접 블렌딩한 차가 한 주전자 우려져 있고, 책상에서 창 쪽으로 고개를 돌리면 선반 위에서는 여름을 맞아 새롭게 꺼낸 연둣빛 반투명 유리 찻잔이 흐린 날씨의 부드러운 빛을 받고 있습니다. 배경 음악으로는 블루투스 스피커에서 재즈 피아노가 흘러나오고, 창밖으로는 새소리와 드문드문 지나가는 사람들이 이야기하는 소리가 섞입니다.

사실은 정말로요, 요즘은 차 마시는 일에 시들해서 그렇게까지 열정적으로 차를 마시지는 않는데. 돌아오는 화요일에는 해가 가장 길어지는 하지를 맞이해서 저녁에 공원에서 모이기로 한 다회가 있고, 저는 여전히 사람들과 약속을 잡을 때면 좋은 찻집을 하나 골라서 거기서 만나자고 말하고 있습니다. 차를 마시기 시작하고서 새롭게 생긴 취미들, 이를테면 식물을 기르며 생겨난 화분들이 낮은 높이의 책장 위에 있고, 뜨개질로 만든 코스터는 여전히 찻주전자 아래 깔려있으며, 오늘따라 향을 피우고 싶어 불을 붙인 벚꽃 향 선향은 열린 창밖으로 연기를 피워 올립니다.

오늘은 별다른 마음 없이 게으르게 주말을 보내고 싶어서 느지막이 일어나 아침을 만들어 먹었습니다. 그러자 차가 생각이 났지요. 음악을 틀고 차를 우린 뒤 한 잔을 들고 창을 열었습니다. 자연스럽게 향도 피웠습니다. 눈높이에서 잎을 펼치고 있는 초록색 나무들을 바라보자니 무척 편안하고 기분이 좋아서, 저는 미루고 있던 이 책의 마지막 원고를 쓰기로 했습니다. 아무래도 이 순간을 전하고 싶은 마음이 들었습니다.

차에 얽힌 이 모든 이야기들을 어떻게 시작하면 좋을지는 미리 생각해 두고 있었습니다. '차가 아니었다면 이런 경험을 할 일이 있었을까?'라는 생각이 드는 순간들로 시작하고 싶었지요. 차 마시는 일이 열어주는 새로운 세계, 삶에 흘러드는 온갖 재미있고 신선한 이야기들, 사람들과 함께하고 때로는 홀로 즐기는 기쁜 하루하루들. 인생의 영화 같은 순간들. 차 자체에 관한 이야기보다도 차를 마시면 따라오는 온갖 모습들을 전하고 싶었습니다.

그런데 이 모든 이야기들을 어떻게 끝맺어야 할지에 대해서는 고민이 있었어요. '그러니 마음 편하게 차를 드셔보세요. 당신의 삶도 새롭고 즐거워질 거예요' 하고 이야기한다면 무난하겠지만, 그렇게만 말하기에는 어딘가 심심한 것 같아서 일단은 다른 꼭지들을 모두 쓰고 나면 그것들을 바라보면서 떠오르는 것이 있겠지 하고 마지막까지 미루어 두었습니다.

차의 얼굴이란 무척 다양해서 사람들과 만나 떠들썩하게 수다를 떠는 자리에서 즐길 때, 주말에 좋은 곳으로 나가 불어오는 바깥바람을 벗 삼아 마실 때, 집에서 혼자 차분한 차 자리를 마련할 때 모두 다르게 설레는 기분이 있습니다. 그리고 똑같이 사람들과 만나도, 자연을 바라보고 있어도, 집에서 혼자 마셔도 그저 차분하고 한가로운 기분이 드는 때도 있습니다. 그런 나날을 보내는 지금, '그렇다면 나는 차에 시들해진 것일까?'라고 자문해 보니, '이 이야기를 해야겠다'라고 저에게 속삭인 그 편안한 기분이 그렇지만은 않다고 말해주는 듯합니다.

처음 시작한 열정이 평생을 간다면 무척 의욕 넘치게 살 수 있겠지만, 우리의 삶에서 대부분의 것들은 그렇지 않습니다. 불꽃 같은 사랑도, 갓 일을 시작할 때의 열정과 두근거림도 모두 영원하지는 않습니다. 그러나 시작의 기쁨만이 세상의 모든 것이 아니기에, 그만두지 않고 계속한다면 사랑은 어느새 삶을 은은하게 덮히는 온화한 감정이 되어있을 것이고, 일은 사회에서 내가 있을 자리를 만들어 주는 삶의 한 부분이 되어 있겠지요. 이렇듯 힘차게 시작하는 때에 얻는 것들이 있는가 하면 시간이 흘러감에 따라 변화하면서 인생에 영향을 미치는 것들이 있습니다.

자주 짓는 표정이 얼굴의 주름이 되는 것처럼 오래된 취미는 삶의 얼굴을 바꾸어 놓습니다. 저에게 이제 차 마시는 일은 익숙하게 들이마시는 공기와 같은 것이 되었는지도요. 아무렇지 않은 주말 아침, 식사를 하고 별일 없이 차를 우리고 자리에 앉아 편안함을 느껴봅니다. 그러나 물론 이 모든 것들은 차를 마시기로 결심하고, 차 한 잔을 위해서 온 동네를 헤집고 다니던 발랄한 날들이 없었다면 찾아오지 않을 시간이겠지요. 돌아본 모든 시간은 선명한 사진첩 속의 기억처럼 찬란하고, 지금도 새롭게 누군가에게 그 이야기를 털어놓을 때는 절로 눈이 반짝거리게 됩니다. 그러니까, 시들해졌다고는 말하지만 차 마시는 일은 이제서야 제 인생 안에 오랫동안 머물러 있을 자리를 찾은 것일지도 모릅니다. 시작의 화사한 즐거움도 오래 함께하는 잔잔한 기쁨도 알게 되고 있으니까요.

날이 좋아요, 차를 마셔요. 좋은 날에 마시는 차 한 잔은 그날을 그렇게 완벽하게 만들어 줄 수가 없습니다. 빈틈없이 가득 차있다는 쪽의 완벽함이 아니라 '아, 더할 나위 없다' 하고 그 순간을 온전히 즐기는 완벽함입니다. 해가 좋은 여름이라면 반짝반짝 얼음이 차가운 녹차를 마시면 좋겠고 해가 좋은 겨울이라면 얼어붙은 풍경 속 집 안의 아늑함을 느끼게 해줄 가향 홍차가 좋겠네요. 비가 왔다가 갠 날에는 연기 냄새가 나지만 산뜻함이 교차하는 정산소종을, 오늘처럼 흐린 날에는 조금 처진 기분을 북돋아 줄 수 있는, 실론에 레몬그라스가 블렌딩된 차도 좋겠지요.

언젠가 꿈꿨던, 그날 어울리는 마음에 드는 차를 골라서 마실 수 있는 삶. 동화 속의 이야기라고 상상했지만 실제로 그렇게 되고 나자 차를 마시는 일은 점점 특별한 일에서 평범한 일이 되고, 기분을 내기 위해서 일부러 하는 것이 아닌 일상 속의 자연스러운 일이 되었습니다. 자연스럽고 편안하게 그날의 차를 마실 수 있는 삶. 이 얼마나 마음의 공간이 넉넉한 하루들일까요. 물론, 차를 고르고 자리를 차리고 마시는 일이 여전히 두근두근 특별한 시간으로 여겨진다면 그 또한 좋을 것입니다. 좋은 하루를 선명한 기억으로 남길 맛과 향, 좋은 날을 더욱 멋지게 만들어 줄 차 한 잔이 있는 것이니 말입니다.

날이 좋지 않아도 차나 한 잔 해요. 살면서 모든 날들이 좋을 수는 없으니까요. 날씨만으로는 기분이 개지 않을 때, 피할 수 없는 현실의 어려운 일들이 닥쳐올 때, 내가 감당할 수 없는 온 세상의 문제들이 너무나 커다랗게만 느껴질 때. 그럴 때는 내가 가장 좋아하는 차나 힘들었을 때 나를 위로해 주었던 차, 기대하고 사두었는데 뜯기를 잊고 포장된 상태 그대로 있던 차를 마시면 좋겠네요. 아직까지 가시지 않은 기분을 먹구름처럼 머릿속에 드리운 채, 물을 끓이고 잔을 꺼내고 차를 만들어 자리에 앉아 마시게 되겠지요. 익숙하기도 하고 새롭기도 한 향기가 코끝을 맴돌고 입안으로 스며들 것입니다. 향긋한 찻물이 목으로 넘어가면, 바쁘고 지쳐서 잠시 잊었던 세상의 좋은 것들이 떠오르며 부드럽게 마음을 달래주겠지요. 마음속에 어지럽게 뒤엉켜 있던 것들을 그저 하나하나 펼쳐서 마주보기만 해도 안정이 되는 시간입니다.

차가 전해주는 그런 순간들을 저 또한 여러 번 지나왔기에 말씀드리고 싶어요. 날이 좋으면 차를 마시고, 날이 좋지 않아도 차나 한 잔 하자고요. 그렇게 좋을 때를 더 좋게 할 무언가가 있고, 나쁠 때에도 나를 지켜줄 수 있는 무언가가 있다는 사실이 인생을 얼마나 따스하게 해주는지를, 차에 관한 모든 이야기들을 끝맺으면서 전하고 싶었습니다.

차 한 잔에 담기는 개인적인 이야기들, 사람들과의 이야기들. 이 차가 지금 나에게 도달하기까지 거친 손들을 떠올리다가 문득 고요함을 깨닫습니다. 그리고 차를 마실 때 세상에는 나와 차 한 잔, 오직 그뿐임을 느끼면서 속삭이겠지요. 오늘도 잘 마셨습니다.

날이 좋아요, 차를 드세요. 그리고 그때의 이야기들을, 언제나 나 자신의 이야기인 그 시간들을 스스로에게 들려주고 좋아하는 사람들과도 나눠보세요. 그렇게 우리는 오늘도 하루하루를 살아가는 거겠지요.

차를 좋아하게 될 당신에게

날이 좋아요, 차를 마셔요

1판 1쇄 인쇄 2023년 9월 13일
1판 1쇄 발행 2023년 9월 20일

지은이 요즘다인
펴낸이 고병욱

기획편집실장 윤현주 **책임편집** 조상희 **기획편집** 김지수
마케팅 이일권 함석영 김재욱 복다은 임지현 **디자인** 공희 진미나 백은주
제작 김기창 **관리** 주동은 **총무** 노재경 송민진

펴낸곳 청림출판(주)
등록 제1989-000026호
본사 06048 서울시 강남구 도산대로 38길 11 청림출판(주) (논현동 63)
제2사옥 10881 경기도 파주시 회동길 173 청림아트스페이스(문발동 518-6)

전화 02-546-4341 **팩스** 02-546-8053
홈페이지 www.chungrim.com **이메일** life@chungrim.com
블로그 blog.naver.com/chungrimlife **페이스북** www.facebook.com/chungrimlife

ISBN 979-11-981614-9-9 (03810)